KB266940

짝사랑도 병이다

내가 사랑한 인도 나를 사랑한 이별 The Blue Love Story

짝사랑도 병이다 내가 사랑한 인도 _ 나를 사랑한 이별

지은이_변종모_maldive9@freechal.com   ·   디자인 및 편집_ 변종모 · 초판 1쇄 발행일_2006년 11월 23일   ·   발행처_도서출판 가쎄 · 발행인_김남지 · 등록번호_제302-3333-3333호   ·   등록일자_2005년 10월 10일   ·   주소_서울특별시 용산구 한남동 568-241 나성빌딩 101호   ·   전화_02-793-0357   ·   팩스_02-793-0357   ·   E-mail_amho98@gasse.co.kr / amho98@freechal.com   ·   ISBN_ISBN:89-957343-3-7   ·   홈페이지_gasse.co.kr   ·   인쇄_조양인쇄

내가 사랑한 인도

짝사랑도 병이다 나를 사랑한 이별

변종모 글_사진

gasse

책을 준비하면서

나는 글 쓰는 사람이 아니다

나는 글 쓸 줄 아는 사람도 아니다

나는 사진 찍는 사람이 아니다

나는 사진 찍을 줄 아는 사람도 아니다....

 하지만 나는 생각한다. 나의 언어가 어눌하고 나의 사진이 어설퍼 어딘가 불안한 점, 그점이 내가 살아가는 이유기 때문에 그다지 부끄럽지 않게 만족하려 한다. 언젠가 채울 수 있는 날, 완전하고 싶은게 아니라 지금보다 불안한 내 삶과 언어와 생활과 사랑을 서서히 채워 나가는 날 들, 그런 내가 되기 위해 사는 이야기를 하고 싶었는지도 모른다. 누구나처럼 여전히 시행착오가 많고 여전히 슬픈 날이 있고 행복한 날이 이어지는 동안 내가 했던 생각들과 언어들이 불안한 상태로 세상에 나서 또다른 새로운 이들과 소통하기를 바라는 마음에 그렇게 부족한 점을 안고 다가간다. 어느날 버스 안에서 어느날 골목길에서 그렇게 마주친 사물들과 한 번도 가보지 않은 땅에서 만나는 반가운 인사들 모든 것이 나의 생활속에 피어나는 이야기. 슬픈 것들은 슬픈 것인 채로 행복은 행복인 채로 그렇게 담아두지 못하고 투정부리는 아이처럼 자랑하고 싶은 초등학생처럼 그렇게 묻고 질문하고 핀잔을 듣고 격려를 받으며 금방 행복해지고 짧은 시간에 상처받은 많은 사연들...
이번에 개인적으로는 처음, 서투르지만 햇볕 쨍한 날 연애편지를 쓰듯 부끄럽고 민망한 심정으로 세상에 내놓는 나의 이야기들은 어떻게 보면 나의 일기장과도 같은 사소한 것들이지만 많은 사람들이 나처럼 그렇게 살고 있고 살아가리라 믿는 평범한 생활속의 일부분을 나와 비슷한 사람들의 마음에 흡족하게 받아들여지기를 바라며 써내려 갔다.
두 번의 인도 여행 9개월간의 사연들은 어쩌면 인도를 다녀온 수 많은 사람들과 비교를 하면 언급하기도 부끄러울 만큼 찰라의 시간에 지나지 않지만 그 기간 동안 내가 만난 그들과 그들을 만난 나를 바라보며 소소한 감정들을 정리해본다.

첫 번째 인도 여행에서 14킬로그램이 빠졌고 두 번째에는 10킬로그램이 내 몸에서 빠져 나갔다. 매번 혹독한 감기몸살을 앓거나 벼룩의 공격을 받기도 하면서 인도는 나를 밀어내고 나는 인도에 달라붙으려고 노력하는, 인도는 나를 싫어하지만 나는 인도를 좋아하려는 그런 짝사랑을 나는 해버리고 말았다. 솔직히 인도는 내 몸에 맞질 않아, 그리고 너무 더러워...라는 말에 공감을 하면서도 나는 그들의 눈빛과 인사와 미소가 떠오르면 그곳이 아무리 피곤하고 힘든 곳이라 해도 다시 가고 싶다. 그렇게 나는 인도를 사랑해버리고 말았다. 내 의지와 상관없이 내 생각과 상관없이 빠져들고마는 짝사랑처럼 말이다. 그리고 내가 사는 이곳을 떠나 나를 모르는 사람들 틈에서 조금이라도 더 객관적 입장에서 나를 바라보고 싶은 마음에 도착한 곳일지도 모른다. 나를 사랑한 이별에 대해서 그리고 스스로에 대해서 생각할 시간이 필요했다. 매번 사표를 쓰면 바로 떠난 여행이라 체계적인 준비도 없었다 그래서 나의 여행은 인도의 훌륭한 문화나 거창한 유적지 같은 것은 애초에 계획도 없었고 사실은 눈꼽만큼의 관심도 없다. 어디서나 볼 수 있고 누구나 만날 수 있는 그런 사람들과 그 사람들을 만나러 가는 길과 하늘과 골목이 전부다. 그래서 어설픈 냄새가 난다고 말해도 할 수 없다. 모든 것은 사실이기 때문에 사실을 말하고 싶었기 때문에. 훌륭한 여행기가 아니라 특별한 가이드 북이 아니라 그냥 내가 그들 속에서 놓치고 싶지 않은 감정을 글과 사진으로 묶어놓겠다는 마음으로 그래서 영원히 추억하고 싶다는 뜻으로 말이다. 혹시나 내가 겪고 내가 느낀 이 모든 것들이 과장되지는 않았을까 하는 걱정이 앞선다. 개인적인 아픔을 큰소리로 투정 부리듯 여과없이 선보이는 미안함도 있다. 하지만 어차피 인생은 사실을 전제로 해서 플러스와 마이너스를 느끼는 걸 테니까 이 또한 나만의 방식이라고 생각하며 겁없는 인사를 한다. 이제 내가 알지 못하는 이들에게 또는 절친한 이들에게서 받은 수많은 자극들을 함께 풀어 놓으며 또 다른 조언을 기다린다. 인생이란 긍정적으로 사는 게 바람직하고 끝내 웃어줄 수 밖에 없다는 조건이라면 그 중 누군가는 어차피 행복해진다는 명제 아래서...

이것이 처음이자 마지막이 되지 않기를 바라며 나의 놀이가 나의 삶이 되고 나의 삶이 타인에게 1미리의 미소와 1그램의 행복이라도 되는 날까지 그렇게 나의 투정을 받아주실 것을 믿으며 봐주시는 모든 분들과 격려해주신 따뜻한 분들께 감사의 말씀을 전합니다.

2006년 초겨울 변종모 드림

차례

짝사랑도 병이다

어디쯤일까?

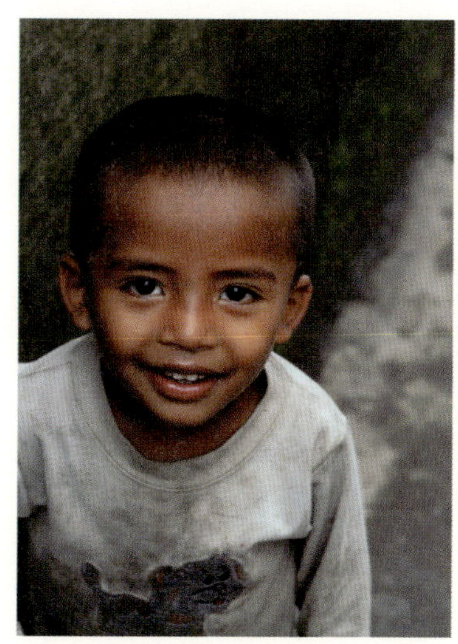

12

다시 인도를 생각하다

다시 찾은 인도에서 나는 보았다 예전에는 볼 수 없었고 예전에는 보이지 않았던 많은 이야기들, 그리고 이 정도면 불안해 할 필요가 없겠구나 일도 사랑도 생활도 그렇게 생각을 했다. 너를 수청 갔던 많은 눈빛과 내가 주었던 여러 마음들 나는 돌아올 것을 약속하면서 그렇게 길을 나섰다.

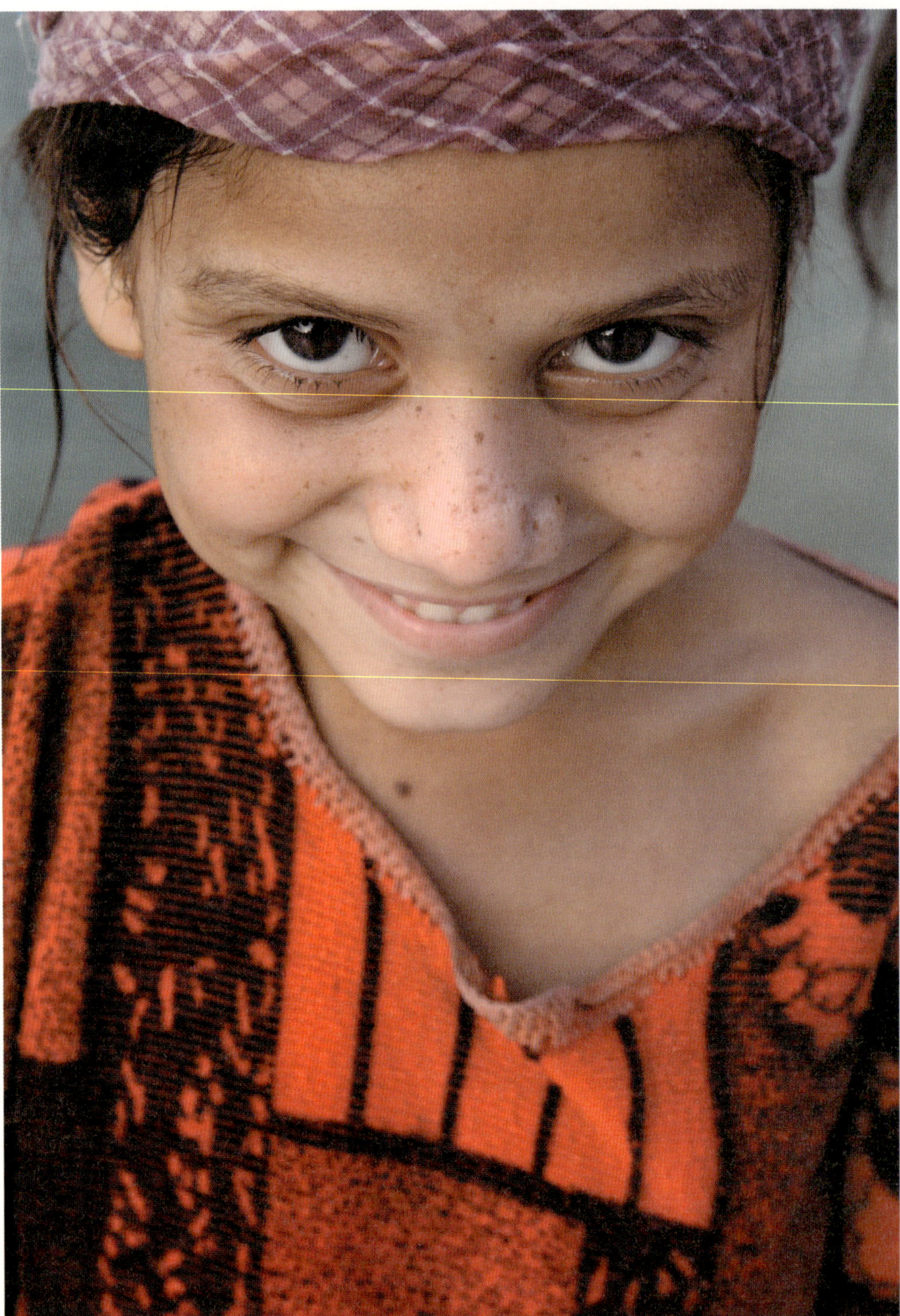

다시 한 번 그날과 같이

태생이 음탕 했는지도 모른다.

두 여자를 거느린 건지 무책임하게 인연만을 만들었던 건지…

두 집을 오가며 무던히도 박자를 맞추던 불량함, 그것은 아버지의 사정이라 잘 모르겠지만 돌아가신 후에도 남아 있는 가족들은 적당하게 불편하고 적절하게 탁한 공기 속에서도 늘 그랬던 것처럼 그렇지 않은 듯 심호흡을 하고 있었다. 무던히도 애를 썼다. 다들…

그래서 이정도로 적당한 음습함이 들이 닥치면 웬지 모르게 슬프다기 보다 즐거운 감정이 드는 것은 아마도 유산처럼 물려받은 음란함이 아닌가 한다.

적당히 뿌려댄다.

봄이 오리라 예상을 했던 것만 벌써 몇 번을 빗나가게 하더니 오늘에야 결국 덜미를 잡히고 말았다. 비가 그치고 나면 더 이상 추워지지 않을 거라고 일수쟁이 도장 찍듯이 또박또박 말하던 기상 캐스터, 이제 또 얼마쯤 지나 한 여름 밤이 오면 제대로 엄습하리라.

여름에 태어난 사람, 몸과 마음이 뜨겁다.

그런 뜨거운 마음을 가라 앉히기엔 한 여름 게릴라성 집중호우도 좋고 그보다 고단수의 먹구름을 동반한 폭풍전야도 좋다.

난, 그걸 원해…

심하게 긴장할 필요없는 상태, 이미 나는 피할 곳이 있으므로 이기적인 마음의 비극적 결말을 보고 싶었던 것인지도 모른다.

물론 내가 아닌 남들의…

그런 오만한 피가 흐른다.

빗물처럼…

합판을 이어 붙인 마루바닥에 귀를 대고 엎드려 아무도 오지 않을 대문을 바라보면서 그 구름들이 몰려오는 소리를 듣는다. 떨림이 전해진다.
두근두근...
곧 쏟아질 것을 예고하듯 식구들이 밟고 지나가 맨질맨질해진 자리를 만지며 니스칠이 된 자리보다 더 매끄러워진 그곳에 귀를 대고 대문 위에 걸려있는 무거운 하늘을 바라 본다.
남아있는 양심으로 마지막 인심을 쓰듯 우산을 챙겨 버스정류장으로 나가 볼까 생각하다가 나는 여전히 그 느낌이 좋아 총알맞고 쓰러진 병사처럼 가늘고 무기력한 호흡을 하며 마루바닥에 귀를 댄다.
오지 않으리라 누구도 오지 않으리라. 그들은 내가 예상하는 시간에 결코 나타나지 않으리라, 내가 필요로 하는 시간이면 언제나 그렇듯 난 혼자였으므로... 지금처럼.
그래서 지금처럼 이 순간을 놓치지 않는다. 매 순간 기회가 올 때마다 놓치지 않고 즐기려 한다. 약간은 불안한 상태지만 말이다.

도움을 청하지 않으리라. 도움을 주지도 않으리라.
그렇게 굳게 닫힌 내 마음이 풀릴 쯤 이미 많은 것을 잃은 상태였지, 많은 것을 잃었지 물론 가진 것 별로 없는 나로서는 숫자보다 마음을 잃었다는 데서 실은 충격이었지만...
그 때부터 지금까지 마루바닥에 껌처럼 늘어붙어 생각을 하나 지금처럼 책상 머리를 차지하고 생각을 하고 있으나 별반 차이는 없다.
떠나간 시절처럼 떠나간 사람들 역시 돌아 오지 않을 것도 안다.
무엇이 그들을 변하게 했는지 무엇이 나로 하여금 떠나게 만들었는지 무엇 때문에 나의 마음에서 그들이, 내가 멀어졌는지 잘 모른다.

하지만 비가 내리는 날이면 어김없이 윤곽없는 스케치를 그린다.
나의 그 부적절한 마음.
나도 모르게 독약처럼 퍼져있는 이기적인 심산...
그것은 아버지로부터 물려받은 유산이 아니라 내부로부터 자생한 것들이
며 그것을 남에게 보여주지 못해 썩어버린 마음들이다.
냄새가 났을 것이다.
그런 내 마음이 그래서 떠났을 테지 그리고 다시 돌아오지 않을 테지.
늘 그랬듯이...

이제서야 내가 해야할 일을 대충은 알게 되었다.
채색단계에 돌입한 스케치처럼 이제 문제점이보인다. 그림자가 잘 못 들
어간게 아니라 소실점이 잘 못 정해진게 아니라 연습이 부족했던 것이리
라. 처음부터 다시 그리고 싶었지만 자존심이 허락하지 않았고 재수를 거
듭하는 입시생처럼 우두커니 맨뒷자리를 차지하고 있었던게 문제였다.
늘...
번쩍, 손을 들어 질문하면 될 것을...
그래도 다행이다.
약간의 긍정적인 마음이 지우개 가루처럼 밀려 나오고 있다.
용서, 스스로에게 타인에게 용서를...
그렇게 간단한 문제도 그렇게 어려운 문제도 아니다. 자책하며 살 필요도
없고 타인에게 역시 내가 그럴 자격이 없다는 것을 알았다.
이제서야...
내 그림이 잘 못된 것은 내가 지워야 기분 나쁘지 않다. 액자에 끼워지기
전까지는 아직 시간이 많다. 그래서 나는 이제 그 방법을 배우러 떠난다.
스스로를 용서 하는 법...

여섯 번째의 사표,

눈물처럼 뜨거운 마음도 없다. 이제는.

36.5도의 체온보다 뜨거운 마음이 시킨다. 분명 내 마음이 내가 아닌 것처럼 나를 멀리한 사람을 원망하지 않는다. 나를 멀어지게 한 사람 또한 원망할 이유도 없고 단지... 그냥 단지.

이 상황을 벗어나고 싶다.

햇볕이 부서지던 날 강남역 대로에서 문득 찾아간 서점이 문제였는지도 모르고 가벼운 배낭을 짊어지고 가던 이방인의 뒷모습 때문이었는지도 모른다.

예전에 처음 본 인도 어느 골목에 버려두고 온 그 두꺼운 여행지침서가 생각났던 건 그때였다. 공교롭게도...

머리속 어딘가에 집을 짓고 사는 두통처럼 주기적으로 찾아오는 햇볕 아래 아지랑이가 피어오르고 있었다. 마음이 설레고 있었다. 마음이 흔들리고 있었다.

그래,

그냥 이렇게 늘 그랬듯이 약간의 준비만 있으면 될 텐데 머리 나쁜 내가 자꾸 잊어버리기를 반복한다. 약간의 마음과 약간의 생각과 그 보다 조금 많은 결심만 있으면 되는 것을 설렁 설렁 잊어버리며 산다.

그래서 배가 아파도 참을 줄만 알았으며 머리가 아파도 시간이 지나기만 바랬을는지도 모른다. 간단하게 뒤집기만 하면 되는 데 그리고 스스로에게 위로...

돌아오는 외근길 버스 안에서 덜컹덜컹 위로를 한다. 새로 구입한, 예전에도 구입했었던 그 여행 책자를 무릎에 놓고 내릴 때가 가까워질수록 침착하게 위로를 한다. 저 문이 열리고 내가 밟게 되는 땅은 인도다... 라고 그렇게 허황된 상상을 하면서 머리부터 발끝까지 여행을 꿈꾼다.

어울리지 않게 신중한 얘기를 하려는 데 사장은 피자집을 택했다. 술 못 마시는 나를 위한 배려인가 분위기를 전환시키려는 속셈인가? 어색한 불빛 아래 바삐 움직이며 퇴근 길을 재촉하는 사람들을 보면서 끝이 날카롭게 잘려나온 피자 조각을 순식간에 다른 모양으로 바꾸고 있는 내 마음은 이미 변했다. 변해 있었다.

아직 약속한 계획을 이루려면 한참은 더 노력 해줘야할 시기인데 이렇게 떠날 결심을 하게 된다고 솔직하게 털어놓고 탄산음료를 들이켰다.

조금 전 퇴근길 사람들이 조금 더 진한 농도의 어둠 속으로 묻혀가고 반대로 불빛들은 살아나고 있었다.

불편한 밤. 나의 응석을 나의 고집을 그렇게 털어놓고 돌아오는 길, 내내 마음이 불편했다. 어쩔 수 없이 던져진 일인데도 막상 그렇게 선언을 하고 나니 또 다른 종류의 고민이 생겨나던 밤.

면역되지 않는다. 늘 비슷한 크기의 막연함과 그 정도의 불안함은 면역되지 않는다. 이번이 처음도 아닌데 강간 당한 숫처녀처럼 그렇게 불안에 떨고 서 있을 이유는 없는데 참으로 익숙해지지 않는 내 마음.

아마도 욕심이 남아있기 때문이리라. 얄팍한 그 욕심, 두 가지 다 챙기려는 그 안락한 미래는 쉽게 떠나질 않는다.

헬무트 랭의 흰 바지, 꾸지의 가죽 스트랩 샌들, D&G의 펄이 들어간 진, 폴 스미스의 스트라이프 캔버스 백, 발리의 가죽 스니커즈...

눈에 아른거리지 않겠냐고, 그곳에서 돌아오면 아무 것도 가질 수 없게 될지도 모른다는 생각, 결심이 끝나지 않았음을 증명하는 욕망만 남아 있는 생각들이다.

무엇에 즐거움을 두고 살 것인가?

물론 내가 인도를 다녀온다고 해도 좋아하던 것들이 싫어질 이유는 없다.

통장 잔고가 거의 없는 내가 장기간 여행을 준비하는 이유는 무엇일까?

부지런히 통장을 채우고 톰 포드의 아이디어로 탄생된 멋진 쟈켓도 사고

비비안 웨스트우드의 티셔츠라도 하나 사야할 텐데 갑자기 돌변한 이유가 뭘까?

인도보다 갤러리아 백화점이 가까운 걸 안다. 유치한 발상이지만 그렇다.

내게는 어느날 갑자기라는 병이 자주 찾아오기 때문에 그 끈적거리고 후덥지근한 인도가 갤러리아 백화점보다 가깝게 느껴질 때가 있다는 것.

문제는 거기서 시작된다.

생각이 시작될 쯤 벌써 아그라와 캘커타를 가로 지르는 기차 안에서 나는 아무 생각없이 지나가는 하늘을 바라보고 있는 듯한 느낌이 더 현실적인데…

신발장 안에 구겨져 있는 슬리퍼 하나면 그곳에서 한 달은 버틸 수 있을 텐데 나는 왜 망설이고 있는가?

이제 또 어느날 갑자기라는 병이 찾아오고야 말았으니 나는 고쳐야 산다.

그렇다. 누구의 말대로 나의 짐작대로 불행하게도 이 자리에 다시 섰을 때 나는 내가 아귀처럼 끌어 모으고 살았던 모든 것들을 가질 수 없을 지도 모르고 피나게 노력하며 지켜왔던 내 자리도 흔적없이 사라지고 없을 텐데. 그러나 결코 무섭지 않다는 생각이 어제 저녁부터 들었다. 솔직히 나도 인간이니까 미래에 대한 불안함마저 없다면 무뇌아가 아닐까.

손바닥 뒤집기… 그렇게 간단해지려고 한다. 생각도 마음도. 가시방석에서 우아한 표정으로 살아본들 무슨 의미겠는가? 그러지 말자고, 스스로에게 용감해지고 당당해지자고…그 쯤에 가슴이 바람이 일었다.

어린 시절 다같이 몰려간 미술학원 수련회에서 친구랑 어깨동무하던 그때보다 혼자 뒷산 약수터에서 길을 잃고 봉화대 꼭대기에서 해운대 바다를 바라보던 그 때가 훨씬 더 짜릿한 감동이었던 걸 기억한다. 나는.

네비게이션을 달고 찾아가는 막연한 안정감도 없고 작전명령을 받은 병사처럼 협력하고 의지할 동반자도 없지만 그냥 내가 보고 싶은 곳에서 보고 싶은 만큼의 시간들이 너무나 뚜렷한데 지도는 내 손안에 있지만 볼 줄

도 모르고 읽을 줄도 모르지만 하지만 누군가 그 누군가 도와줄 것을 알고 있는데도 가만히 앉아서 상상만 하는 것은 불이익을 당하는 연봉협상보다 열받는 일이다.

돌아올 자리를 미리 걱정하는 일 또한 나의 마음을 무겁게 하는 가장 큰 장애물이다.

나도 사람이니까. 먹어야 사니까. 입어야 사니까.

하지만 앞서 말한 것처럼 굳이 구찌의 샌들을 신지 않고도 행복해질 수 있는 연습, 디스퀘어의 팬티를 입지 않아도 창피하지 않는 연습, 1불짜리 슬리퍼를 신고도, 노팬티에 헐렁한 바지 하나만 입어도 괜찮을 곳.

나는 그곳에서 연습을 하고 돌아올 것이다. 그래야겠다는 생각이다.

아무렇지 않은 듯 대단한 것을 얻으려 하지도 않을 것이며 단지 지금보다 조금 더 평온한 상태로 나를 바라볼 수 있게 되기를 바라고 내 주변을 그렇게 바라보게 되기를 바라고 바랄 뿐이다.

이 곳의 생각은 그 때처럼, 예전 그 때 처럼 돌아오면 그때...

아... 모두가 아니라고 해도 이미 나의 마음은 그곳에 가버렸다.

이미 출국 심사대를 거쳤고 이미 도미토리에 누워 버렸다.

그러니까 오로지 박수 만을 원한다. 모자라는 인간에게는 칭찬이 최고다.

말로 안되면 도화지 찢어서 가짜 상장이라도 좋으니 그렇게 나에게 용기를 불어 넣어줄 수 있는 그런 친구들과 가족이 있었음 좋겠다.

다시 한 번 그 날과 같이...

정리

일단 6개월만 다녀오자. 그 뒷 일은 가서 결정을 하고 일단 그렇게만 생각하자. 더는 욕심 부리지 말고. 항공사 사무실을 찾아서 티켓을 발급 받으려고 앉았는데 카운터의 여직원이 묻는다. "또 인도를 가시네요"... 아...그렇게 됐어요. 그간 쌓아둔 마일리지로 다녀올 생각입니다. 라고 했더니 자리 여유가 생기면 승급을 시켜 주겠다고 한다. 일반석에서 비즈니스로... 그동안 이용해준 보답이리라 생각하고 고맙습니다. 라는 인사와 함께 자동문을 나서면서 자동적으로 생각을 했다. 캬~ 배낭여행을 비즈니스로? 이거 너무 럭셔리한거 아냐 하는 생각에 실실 웃음이 나온다 예전 호주 출장 때 비즈니스를 한 번 타 본 소감을 잊지 못해서 느닷없이 웃음이 나온다. 역시 편한 게 좋지 뭐... 하는 생각과 나의 두 번째 인도 여행이 순탄하려고 이렇게 주위에서 도움을 주는구나 생각했다. 가방을 챙겨놓고 준비물을 주섬주섬 넣었다. 생각이 많아지면 짐은 점점 늘어날 것이라는 결론에 그냥 입고 다닐 옷가지들과 노트와 카메라 장비를 챙기면서 하얀색 MP3를 만지작거린다. 데려갈까? 말까? 너를 데리고 가면 또 네 생각이 나겠지? 그러면서 무슨 곡이 얼만큼 들어있나를 살피고 이미 결정을 했다. 그래 걷고 또 걸을 텐데 너마저 없다면 정말 외로울 거야, 뜨거운 사막에 가면 시원하고 경쾌한 노래를, 포카라의 맑은 하늘 아래에서는 눈물 나도록 슬픈 노래를 들어야지. 그리고 그 하늘 아래서 네 생각도 해줘야지. 잘 지내고 있으라고 재작년 나의 생일에 선물해 준 이 작은 기기 하나가 온통 너를 담고 있구나 생각하니 또 마음이 찌릿해 온다. 안 본다고 잊혀지는 건 아니다. 이걸 가져 가지 않는다고 생각나지 않는 건 아니다 .그냥 그럴려고 했다면 그 날 이후 쓰레기 통으로 던졌어야 했는데 나는 아직도 너를 꿈꾸는 구나... 생각된 순간 정리 하려고 했던 가방

에 흥미를 잃었다. 더 이상 정리를 할 수가 없다. 그냥 그대로 받아들여야 한다 그런 줄 알면서도 매번 이렇게 사소한 것들에 의해서 다시 확인되는 나를 볼 때 참 힘든거구나 생각한다. 삼천사백곡의 음악들을 시간으로 나누면... 그 음악들을 내가 가 있는 동안 몇 번이나 반복해서 들을 수 있을까 라는 이성적인 생각으로 마음을 돌리고 있는 내가 이제는 어느 정도 무뎌졌다고도 위로 하면서 허리춤에 넣어둔다. 그래 그렇게 연습을 하는 거다. 묻어두고 넘겨두면서 알면서도 모르는 척, 그렇게 연습을 하는 거다 세상 모든 일에 정답을 찾으려 하지도 말고 있지도 않은 정답을 못 찾았다고 자책 하지도 말자 그냥 이렇게 떠나면 그만이다.

 예전에 나는 무엇을 가지고 갔었고 무엇을 버리고 왔는가 생각을 해보니 그 때와 지금 크게 달라질 것도 없다라는 생각에 약간의 자만심으로 배낭을 꾸린다. 생각해 보면 몸이 불편한 건 얼마든지 참을 수 있는 날들이었다. 그러니까 더이상 챙길 것은 없다. 마음만 챙기면 된다.

깊은 밤, 불쑥 피자가 먹고 싶으면 참아야 할 곳이지만 이른 새벽 문득 그리운 사람이 생각난다면 참지 말아야 한다. 그래서 노트가 필요하고 아름다운 풍경을 발견하면 담아와서 나누고 싶다. 그러니까 카메라가 필요한 것이지. 할 일 없이 피곤한 날에는 그림도 그려야 하니까 스케치북도 챙겨야 하고 즐거운 날에는 편지도 써야 하니까 볼펜도 필요할 것이다.

이제는 준비가 끝났다.

구석에 놓여 있는 배낭을 현관 앞으로 옮기고 마음은 출발이다. 날이 밝아오기를 기다린다. 그렇게 마음을 정리 하면서...

짝사랑도 병이다

30

더럽게 아름다운 날들의 시작

더러운 골목이 아름답던 인도, 매캐한 공기도 시원하게만 느껴지던 인도,
입맛이랑 상관없이 아무리 좋아해 보려 해도 받아들여지지 않던 인도, 불편한 시스템과
이해하려 해서는 안되는 것들에 대한 불만, 그래서 아름답던 인도.
맑은 눈망울과 어설픈 거짓말과 귀여운 눈웃음과 따뜻한 마음이 보이기 시작하면서
그렇게 나는 철저하게 혼자서 짝사랑 하기 시작했다.

살아야 한다고 생각한다

3년 전 찾았던 인도와 지금의 인도는 하나도 달라진 게 없다. 뭄바이 짜뜨라빠띠 쉬바지(Chatrapati Shivaji) 공항에서 날이 밝아올 때까지 다섯시간을 무료하게 기다리다 택시를 타고 인디아게이트까지 오는 동안 달라진 건 하나 없었다. 오히려 빈곤층은 더 가난해졌다. 철로변, 도로변에 널부러져 찬란한 아침 햇살과 아침공기를 덮고 3년 전 그때로부터 아직도 기상을 하지 못하고 있었다. 나는 나약해지는 순간 매번 살고 싶지 않다는 입에 담을 수도 없는 소리를 무수히 많은 생각으로 저장하고 있었다. 그런 미친 생각을 했었다. 진심으로...

머리 꼭대기에서 팬이 돌아간다. 높은 가격답게 뭄바이답게 잘 돌아간다. 형광등 불빛을 채썰 듯 잘라내며 돌아가는 팬이 제일 고맙다. 뜨겁고 탁하게 출렁이는 아라비아해 저렇게 탁한 바다를 보니 바다는 하나로 이루어져 있다는 생각을 도저히 할 수가 없다. 그렇지만 사실이다. 모든 건 사실이다. 인도에 도착한 것도 사실이고 믿지 못할 광경을 두 번째 바라보는 것도 사실이다. 사실이니까 사실대로 솔직하게 웃고 솔직하게 울 수 있다 . 이제는 그러면 된다. 그러려고 왔으니까. 이미 마셔버린 물보다 많은 양의 땀으로 얼룩진 옷들을 행궈내며 생각했다. 걱정할 거 없다. 한 바가지의 물로 이미 여러차례 옷을 행궈내는 지혜가 벌써 생겨나고 있는데 앞으로 주어진 이곳 생각에 걱정할 것 없다. 지금처럼 이렇게 선풍기가 잘라내는 시원한 형광등 불빛을 덮고 있는 나는 행복하다. 창문만 열면 쓰러지듯 죽은 듯 눈을 감고 아직도 뜨거운 아스팔트 위에서 잠을 청하는 사람이 수 없이 많은데 그러니까 나는 살아볼 만 하다. 살아야 한다. 저들에게 부끄럽지 않게 검소하고 스스로에게 부끄럽지 않게 열정적으로 살아야 한다. 불안하리만치 잘 돌아가는 선풍기야 고맙다. 내 여행의 첫날밤을 이렇게 축하하며 열심히 돌아주니 고맙다. 적당히 설레고 적당히 지루한 뭄바이의 첫날밤이 성공적으로 돌아간다.

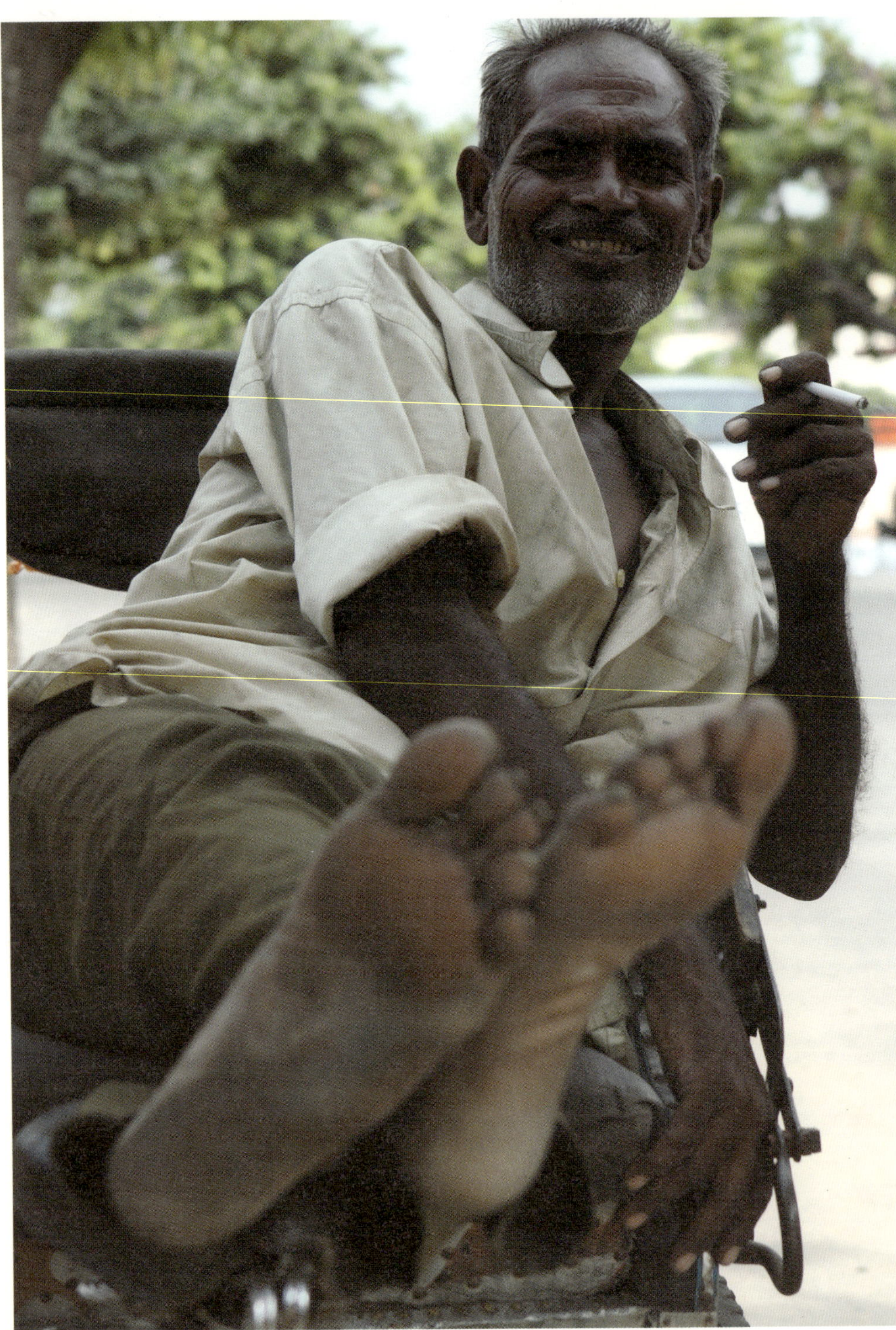
어 차
피 안

인생이란

어차피

인생이란

긍정적으로

살아보는 수 밖에 없다.

Thank you 10Rs...

10루피로 무얼 할까?

매캐한 매연을 100루피도 넘게 마셔버린 오전, 한국에서도 챙겨먹지 못한 아침은 여기서도 나에겐 별 의미가 없다. 나는 나의 아침값을 30루피로 정하고 그 중 10루피를 주머니 속에서 꺼내지도 못한 채 만지작 거린다.

정수리에서 흘러내린 땀방울이 왼쪽 눈을 따갑게 만들고 반짝 눈물이 났다. 내 앞에 엎드려 있는 부랑자의 발바닥이 눈물에 희석되어 대리석 바닥으로 침전 된다. 일어날 줄 모른다. 익숙한 자세로 더위를 피해 껌처럼 눌러 붙은 그녀의 심장 소리가 대리석 바닥을 울리듯 슬픈 오전이 흐른다.

짧게 잘려져 나간 그녀의 머리카락과 남루한 옷차림 그 보다 슬픈 자세의 그녀를 보는 건 이미 예상했던 슬픔이다.

근사한 건물 뭄바이 센트럴역 대합실 바닥에 눌러 붙어 일어날 줄 모르는 그녀를 보면서 복잡한 생각이 오고 간다. 흔하게 발견할 수 있는 풍경이지만 왜 그럴까? 왜 그럴까? 수많은 부랑자들이 옆에 있는 데도 왜 그녀에게 신경이 쓰이는 걸까? 설명할 수 없는 슬픔이 자꾸만 대리석 바닥을 타고 울린다. 도움이 안된다는 건 안다. 이 정도의 금액으로는. 그렇지만 지금 벌떡 일으켜 세워 간단하게 끼니라도 해결시켜주고 싶은 마음 간절하다. 200원 정도 밖에 안되는 10루피를 그녀에게 던져줘도 달라지는 건 없겠지만 그냥 내 맘이라도 편하자 생각하며 그녀에게 10루피를 건넸다. 구겨진 주황색 10루피로 그녀가 내게 주는 슬픔을 펼 수는 없겠지만 나는 이미 10루피보다 많은 생각을 얻었다.

사방 천지 널려있는 부랑자는 많지만 오늘의 10루피는 그녀에게...

짝사랑도 병이다

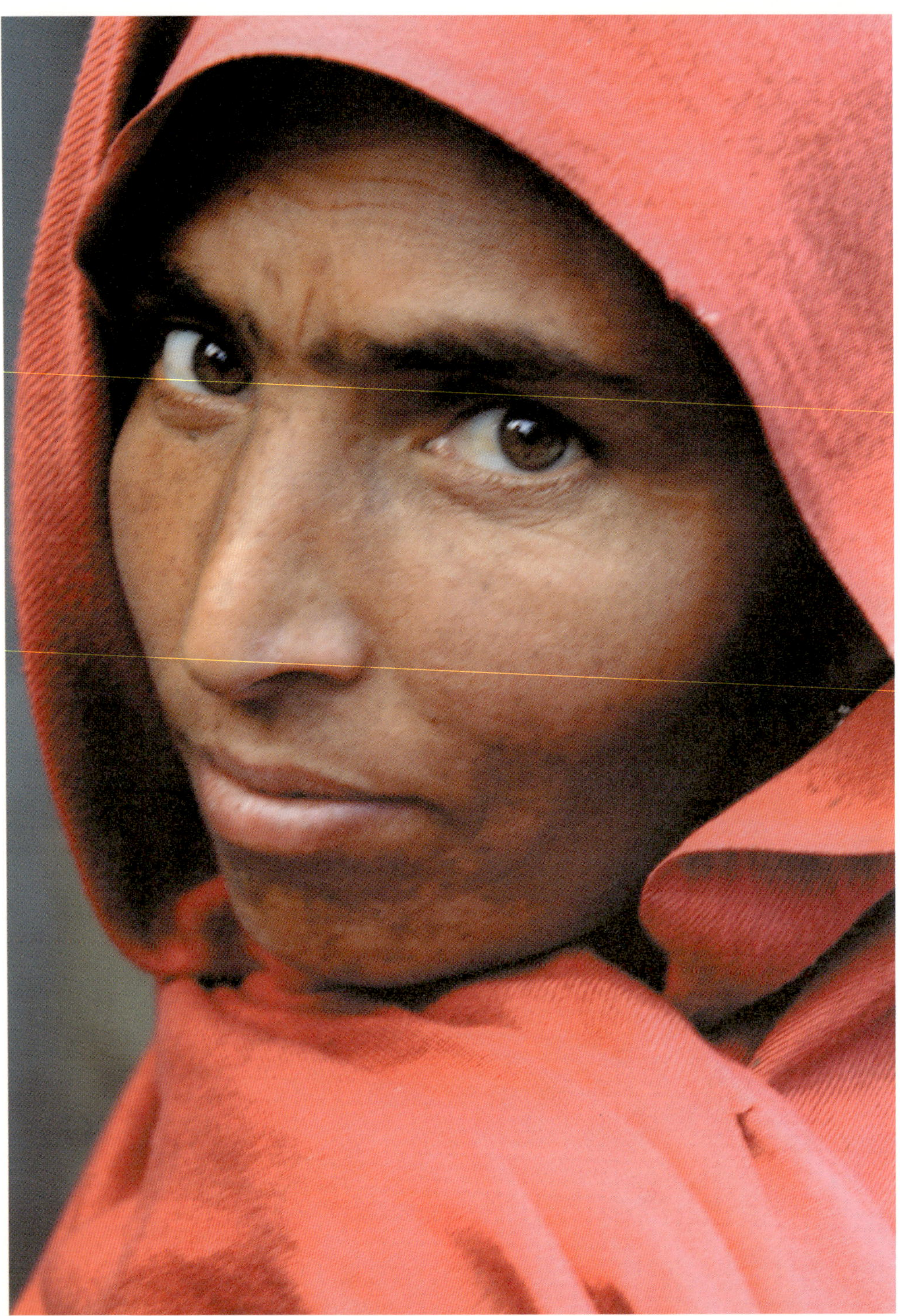

괜찮다

고개를 왼쪽으로 돌려 떠나는 너를 보는 순간
오른쪽 승모근이 뻐근해져 온다.
경사진 승모근 속에도 네가 숨어 있구나 생각했다.
괜찮다.

울지 않으려고 고개를 들어 하늘을 보는 순간
오른 손이 이마 위로 올라 왔다.
나의 오른 손도 너를 잊지 못했구나 생각했다.
괜찮다.

생각하지 않으려고 눈을 감는 순간
심장은 더 큰 소리를 내고 있었다.
나의 마음은 아직도 네가 곁에 있는 줄 아는구나 생각했다.
괜찮다.

괜찮다.
내 몸 구석구석에 너를 남겨 두었으니
언젠가 나의 기억이 희미해질 때 까지
나의 몸이 땅속으로 들어가는 날 까지
너를 사랑할 수 있겠구나 생각했다.
그래서 나는 괜찮다.

04 - 05
From the OSCAR Nominated Writer of MILLION DOLLAR BABY
crash
speed of life, we are bound to collide with each other.
A MULTIVISION MULTIMEDIA INDIA (P) LTD RELEASE

선택

델리행 기차표를 예매하러 가는 동안 많은 생각이 오고 간다. 인도에서 한 번도 타보지 못한 급행열차를 탈 것인가 늘 하던대로 배낭여행자답게 일반 기차를 탈 것인가? 하는 식의 무겁지 않은 고민을 하면서 고민보다 무겁게 생긴 배낭을 들쳐메고 역으로 가는 도중 반 이상은 급행열차 쪽에 고개를 숙인다.

덥다…너무 덥다… 그래서 에어컨 나오는 기차 한 번 타줘야 겠다는 생각으로.

반달처럼 하얗게 햇볕이 떨어진 대합실에 한 남자가 서 있다.
누군가의 남편이고 누군가의 아버지이기도 할 남자가 오래도록 기차 시간표를 바라보며 고민을 하고 있다. 하얀 반달 처럼.
유산지 같은 유리창이 햇볕을 반만 투과시켜 남자의 머리위에 쏟아 낸다.
생각의 반을 덜어 준다.
남자는 매표소로 움직인다. 하얀 반달을 남겨 두고서…

보고 싶은 사람을 보기 위해서 급행 열차를 타고 갈까?
고민에 잠겨 여행하듯 완행 열차를 타고 갈까?
사는 건 매 순간이 선택이다.
배낭을 둘러 맨 나도 매표를 하는 저 남자의 고민도 결국은 선택이다.
단지 조금 더 행복한 선택이기를 바라는 건 모두가 같은 바램.
그러니까 이왕이면 즐거운 마음으로 선택을 하자. 자신의 선택이 최상이라 믿으며 말이다.

배낭이 조금 가벼워진 느낌이다.

햇볕이 잘근잘근 시원한 바람에 버무려져
　　　　소녀의 입가에서 즐거운 오후가 된다.
　산 아래서 몰려 다니던 뜨거운 고민들이 열병처럼 돌아 다니다가
히말라야 산자락 소녀의 미소에 사라진다.

　　　고민이 있으면 이곳에 오세요.

　　어지러운 마음도 뜨거운 분노도
　　　　하늘 아래 처음 받아 아름다운 햇볕에게
　　히말라야가 기분좋게 밀어내는 시원한 바람에게
마음을 열고 부탁 하세요.
　　　그리고 소녀처럼 웃으세요.
　당신의 입가에도 햇볕이 부서질 테니까

　　　　　심라에서

고맙다 고목나무야

 창문을 열고 고개를 들어보니 하얀색 히말라야가 구름에 정중하게 기대어 있고 그 아래 펼쳐진 초록나무는 반만 나온 햇볕에 몸을 말리고 있었다. 창가에 붙어 있는 고목나무_ 처음 방을 구할 때 그 을씨년스럽게 말라있는 고목이 우울하게 생명을 다해 말라버린 그 고목이 신경쓰여 다른 방으로 옮길까 생각도 했다. 여전히 나의 까탈스러움은 배낭 무게보다 더한 무게로 남아 있었다. 등을 돌려 고목을 외면한 채로 청한 낮잠에서 깨어 보니 고목나무 마른가지 사이로 촉촉하게 인사하는 히말라야 설산_

갑자기 미안했다.

고목나무에게_

네가 있어 이렇게 또 아름다운 풍경이 연출될 수가 있는데 처음 본 너에게 나는 왜 마음을 열지 못했는지_

세상에 필요없는 존재란 없는 것이다. 무형의 생각과 마음도 때로는 유형의 현실로 나타나듯 형태가 있고 없고 아름답고 그렇지 못하고를 판단하는 건 결국 스스로의 만족이다. 사랑처럼_이별처럼_

스스로의 생각에 갇혀 타인의 생각과 관계없이 만들어내는 오해와 불편한 생각, 조금씩 연습을 해야 한다. 내가 소중하듯 남도 소중 하다는 초등학생 같은 간단한 논리를 나는 자주 잊고 산다. 겉모습에 흔들리지 말고 존재의 소중함을 그 존재의 또 다른 장점을 볼 수 있는 사람이어야 한다. 아마도 내가 그렇게 되려면 저 고목나무에 새록새록 잎이 피어나고 알록달록 꽃이 핀다 해도 힘들겠지만 조금씩 연습을 하면서 살아야 한다.

말 없이 물러 앉은 히말라야 처럼_

나의 아름다운 저녁 식탁

오이를 조심스레 깍고 있는데 파르르 나방 한 마리가 날아든다. 친구가 생
겼다. 내가 있는지 의식도 하지 못하고 당황스런 날개짓으로 들어온 길을
찾지 못하고 같은 자리에 부딪치기를 반복한다.
낯선 곳에서의 저녁 식사, 늘 혼자 먹는 저녁이 이제 외롭지도 않다. 야채
가 담겨 있던 봉투를 찢어보니 부룩실즈를 닮은 여자가 필요 이상으로 웃
고 있다.
나의 저녁 식탁이 우스운가 보다.

질 좋은 린넨 식탁보에 은수저가 세팅되고 사과같은 와인 잔에 음악이 넘
쳐 나는 곳에서 사랑하는 사람과 함께 식사를 한다고 생각해야지...
그래야지...

답답한 숲속에 새집처럼 숨어있던 집들이 드문드문 보석처럼 빛나는 밤.
나의 아름다운 저녁 식사가 시작되었다.
나방이 길을 찾아 훌쩍 어둠 속으로 사라져 버렸다.
과장되게 웃고 있던 부룩실즈를 닮은 그녀와 단 둘이 되었다.
기분 좋은 시간이 더디게 흐른다.
땀방울처럼.

SPF 50, PA++

자외선에 친해지라고 선물로 건네 받은 자외선 차단제
나는 그것을 바르고 사막을 걸어간다
그 때는 알지 못했다 그 뜨거운 사랑이 독이 될 수 도 있다는 것을
그때는 알지 못했다 그 뜨거운 사랑에 심장이 벗겨지고
마음에 물집이 잡힐 수 도 있다는 것을 그때는 알지 못했다

지금 내 정수리와 발 보다 뜨거운 건 심장이다
그늘처럼 말라붙은 이별의 흔적이 서늘하게 끓고 있다
아무런 준비없이 사막에 버려져 화상 같은 이별을 했다
이제 어디에도 그늘은 없다 단지 마음 속에만 있을 뿐

결국 사랑도 이별도 차단할 수 있는 건 아무 것도 없다
있는 그대로 받아들이는 수 밖에 없다
정면으로 받아들이는 수 밖에 없다

이 사막을 벗어나면 피곤하게 늘어진 그림자도 쉬게 하고
뜨거운 마음도 식혀 줄 새로운 바람을 만나고 싶다

평생을 행복하게 살고 싶다면 ▶ ▶ ▶ ▶

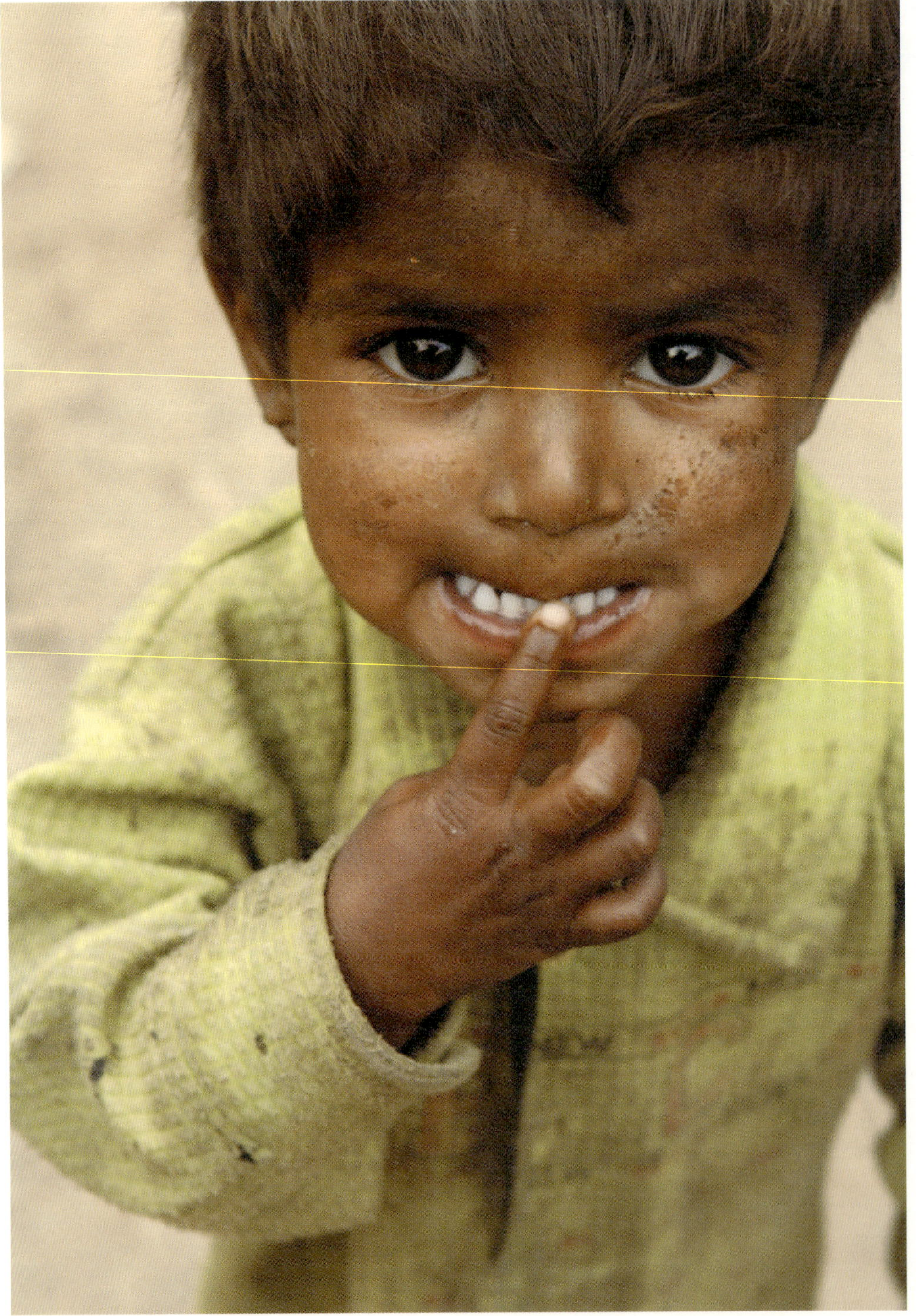

해맑은 미소에 속았다

오늘은 히말라야가 뿌려주는 설탕같은 햇살에 눈을 뜬게 아니다. 어제 저녁부터 허리와 발목이 가려워 잠을 설치고 급기야 새벽녘에는 피가 맺혔다. 나의 집요한 성격에 내가 당했다 무의식적으로... 모기에 물려서인 줄 알고 물파스를 바르고 더 이상 긁지 않도록 밴드로 마무리를 하고 숙소를 나섰다. 남걀사원에서 시간을 보내다가 스님이 징을 한 번씩 울릴 때마다 가려운 부위가 점점 늘어 나는 것을 느낀다. 아! 나는 성질은 더럽게 예민하고 몸은 더럽게 무딘 인간이구나 자책하며 서둘러 숙소로 돌아 왔다. 예전에 캘커타에서 이태리 친구들이 벼룩에 물려 햇볕에 몸을 말리던 광경이 빈대처럼 기어 오른다. 우째 이런 일이... 약국을 찾아가 상처를 보여주니 벼룩에 물린 게 맞다며 길거리에 돌아다니던 개를 만진 적 있냐고 한다. 잘 기억은 안나지만 어제 숙소앞 놀이터에서 꼬질꼬질한 아이들을 안아 주고 무등을 태워줬던 기억은 난다.

핑크빛 탁한 물약을 주면서 마시면 안 된다는 주위도 함께 준다. 설마 내가 벼룩 물린 상심에 이 걸 마시고 자살이라도 하겠냐? 내가 아무리 멍청해도 그 정도는 구분하는 놈인데 하는 엉뚱한 짜증이 밀려 온다.

내일 아침은 가지고 온 모든 걸 세탁해서 햇볕에 널어야 한다 홀딱 벗고 옥상에서 지루한 히말라야나 구경하면서 원숭이처럼 담배만 피우겠구나. 괜찮다. 혼자하는 여행이 재밌으라고 부지런해지라고 소일거리를 준 거라고 생각하자 무등을 올라탄 그녀석들과 즐거웠던 시간에 대한 보상이라고 생각하자.

벼룩이라는 놈이 몇마리나 옮겨 왔는지 모르겠지만 이제 등 위 아래가 다 가렵다. 조심했어야 하는데 해 맑은 미소에 속았다. 괜찮다. 괜찮다.

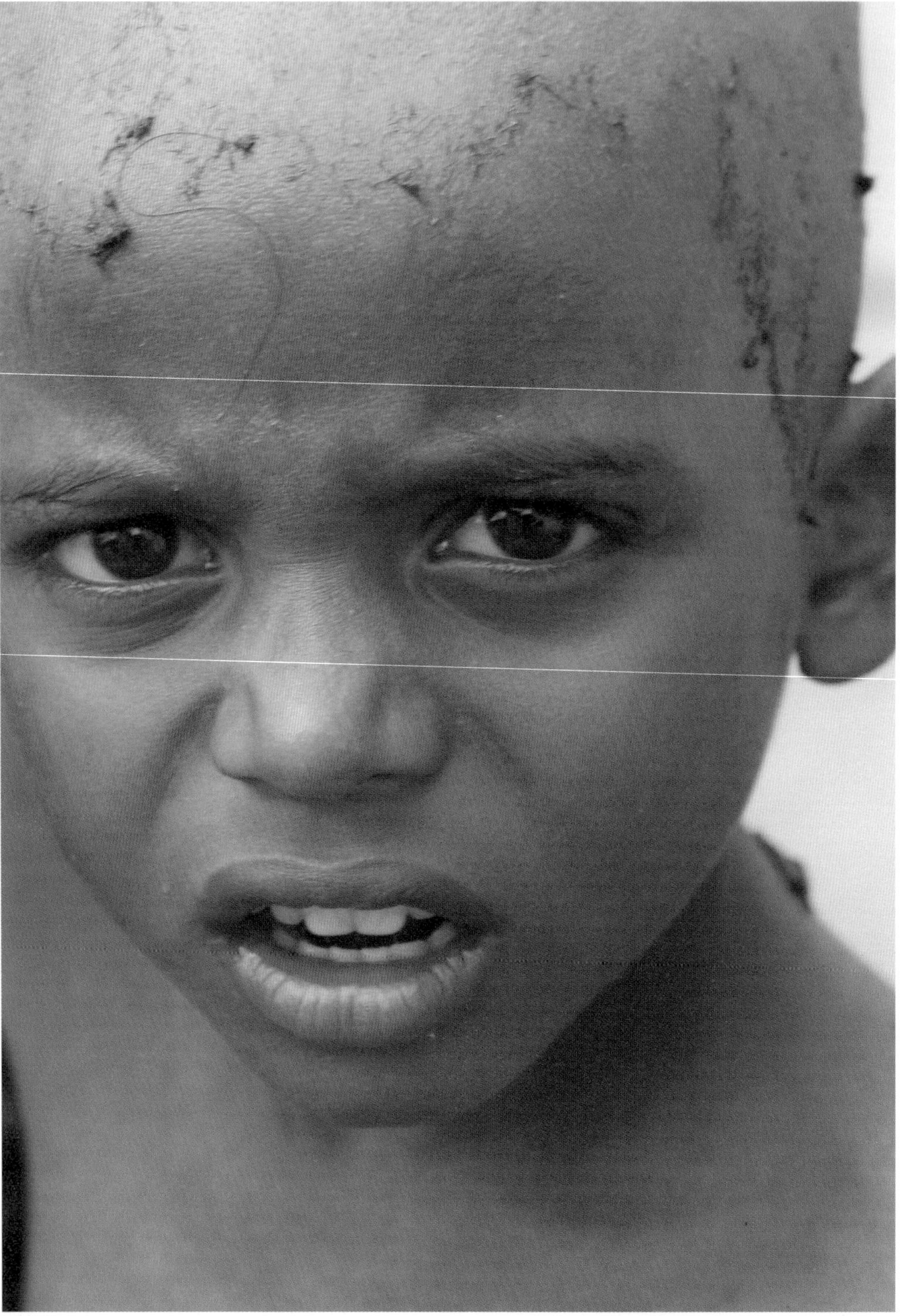

이발

화창한 날,

우울한 기분을 정리하고 싶다면 이발을 하자

지나간 기억이 자라나 헝클어진 머리카락

생각을 잘라내고 마음을 깍아낸다

목덜미까지 내려 온 우울한 기분

바람에 날리듯 잘라내자 이런 화창한 봄 날에

이런 화창한 봄 날에 이발을 하자

새로운 기분이 잘 자라도록

헝클어진 기분을 잘라내자

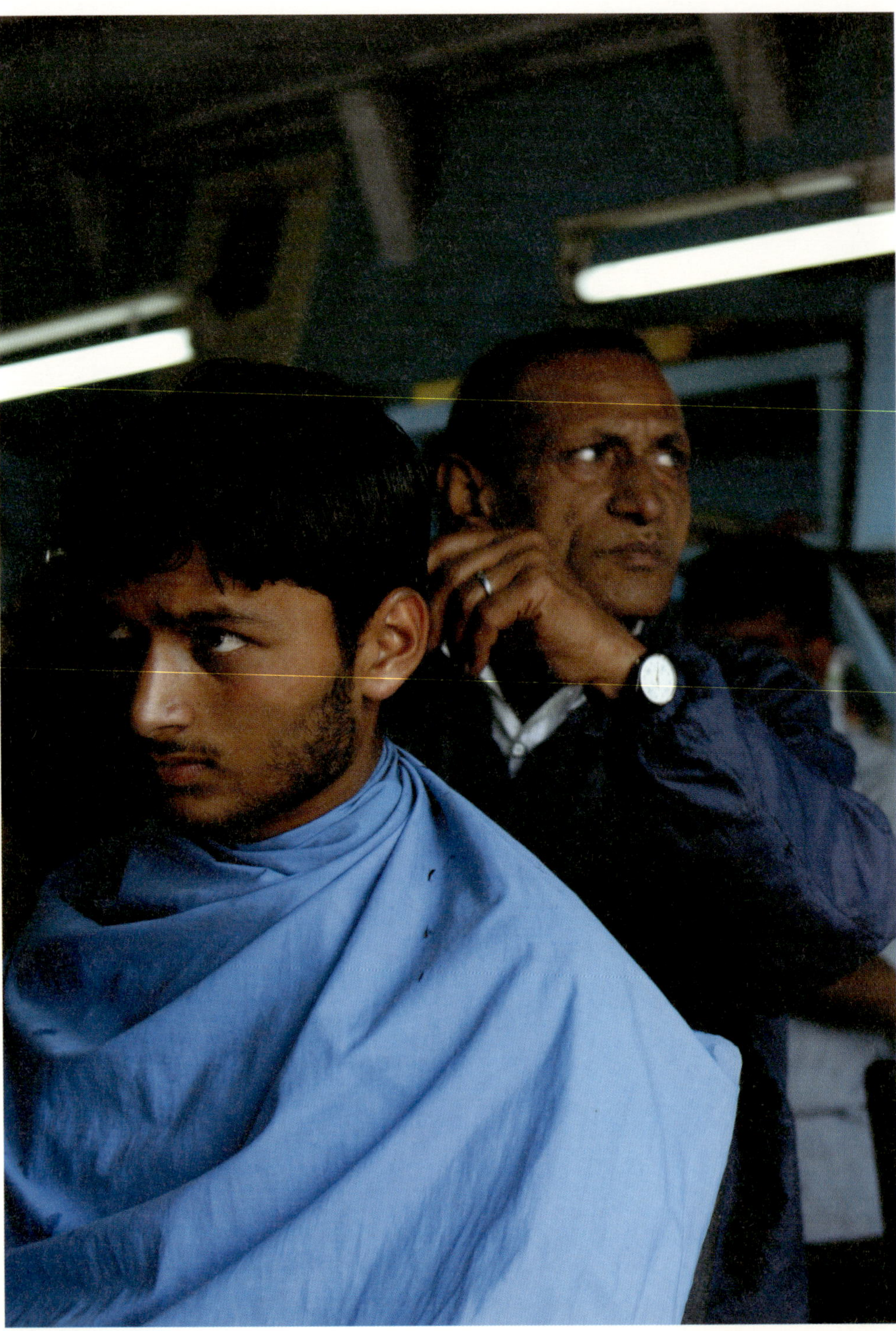

소원

샤프란색 승복을 입은 젊은 스님이 초록색 숲에서 돌탑에 돌을 올린 후
소원을 빌고 다시 연두색 숲과 파란 하늘이 맞닿은 곳으로 사라진다.

내게 소원이 뭐냐고 묻는다면

나의 소원은 돈을 많이 버는 것도 아니고

건강하게 오래 사는 것도 아니며

행복한 날들을 바라는 것도 아니라고 …

나의 소원은 단지

당신을 알기 전으로 돌아가게 해 달라는 것

안 된다면

당신을 모르는 사람으로 다시 태어나게 해 달라는 것

단지 그것만 소원할 뿐이다

짝사랑도 병이다

PEPSI
PS
0 ml,
Rs 5/-

안녕하세요

외롭긴 하다. 가끔 죽을 만큼 쓸쓸하기도 하고 잔인하게 고요한 밤이나 화창한 어느날에도 늘 마음 한구석이 외로워서 아프기도 하다. 따지고 보면 어느 한순간 외롭지 않았던 날이 없었을는지도 모른다. 낯선 곳에서의 설렘은 잠시다 그리 오래 가지 않는다. 이렇게 아름다운 풍경과 이렇게 사랑스런 공기를 혼자서 느낀다는 것 자체가 어쩌면 외로울 수 밖에 없는 것이지만 그래도 외롭다고 포기할 수 없게 하는 것 하나. 새로운 얼굴에게서 듣는 반가운 인사 때문이리라. 사랑하는 사람과 여행을 하는 건 나로서는 사치스런 상상이지만 가끔 길위에서 만나는 여행자들에게서 들을 수 있는 "안녕하세요"라는 말. 지금 나로서는 사랑한다는 말보다 고맙다, 보고 싶다는 말보다 떨림이 있다. 길위에서 나누는 인사는 그렇게 간단하지만 뭉클하고 짧지만 긴 여운을 전해주는 표현이다. 아마도 동질성이 주는 연대감보다 더 큰 뭔가가 있어 나를 이끌어주는 게 아닐까? 각자의 전공과 환경에 관계없이 준비없이 계획없이 스치듯 만나고 또 그렇게 헤어지는 사람들. 그들의 마음을 듣는 게 즐겁다. 때로는 마음이 아픈 사람 때로는 우주 같은 상상과 꿈을 가진 사람들 그런 사람들이 들려주는 이야기와 마음의 인사가 늘 고맙다. 사랑하는 사람과 영화를 보거나 쇼핑을 하는 즐거움과는 분명 다르리라 그래서 스치는 순간 찰라 같은 인사에도 반갑게 기댈 수 있다. 어깨가 가벼워지고 마음이 느려진다. 용광로 같은 더위와 최루탄 같은 공기가 괴롭혀도 같은 방향을 바라보며 나누는 인사가 온도를 낮추고 공기를 맑게 한다. 비록 말이 통하지 않더라도 안녕하세요, 잘가요, 또 만나요, 여행 잘하세요 라는 말. 집안에서는 책상에서는 절대로 들을 수 없는 말이다. 나에게 안부를 물어주던 그들의 늦은 밤도 나처럼 행복하길 바란다. 내일 또 새로운 마음과 마주하길 바라면서...

CHAKRATIRTHA HOUSE

불면

번쩍...

용광로 같은 뜨거운 온도로

잊혀졌던 생각이 살아났다

오늘밤 또 다시 찾아온 나의 불면은

섬광처럼 하얗게 탈색된 추억을 닮았다

머리속을 비우자 생각하니 마음이 무거워지고

두 눈을 꼭 감으니 생각이 눈을 뜬다

돌아 누우면 낯설고

바로 누우면 불편한 나의 침대여

두 눈 붙이고 천길 낭떨어지

깊숙한 생각을 불러 보지만

끝내 오지 않을 애인 같은 새벽

번쩍...

후레쉬가 발광하고 다음 추억으로 넘어간다

가벼운 추억, 무거운 눈꺼풀

그 위에 젖은 모래 가득한 머릿속

아직도 새벽은 멀었다

다닥 다닥

다닥 다닥 비가 온다.이천원짜리 호텔방에도 아름다운 비가 온다. 테라스를 끈질기게 붙들고 있던 장미꽃 넝쿨도 히말라야를 건방지게 가리고 있는 체리나무에도 다닥 다닥 비가 온다. 거대한 폭포가 쓰러진 듯 강이 되어 흐르는 물소리에 들릴 듯 말 듯 숨어 우는 다락방아이처럼 다닥 다닥 훌쩍거리며 비가 온다.

팬티 두 장과 티셔츠가 태양을 기다리며 걸려있는 것도 모르고 눈치없이 비가 온다. 빗물이 바람을 눌러 새벽부터 장미꽃 향기는 도망가지도 못하고 발밑을 돌다가 머리를 만지다가 결국 마음을 술렁인다. 흔들리지 않으리라 변하지 않으리라 그래서 돌아가지 않으리라 이렇게 아름다운 날에 두고온 곳에 마음 뺏기지 않으리라. 다닥 다닥 장미냄새 풍기며 마음을 때린다 다닥 다닥.

.이천원짜리 호텔방에도 아름다운 비가 온다.테라스를 끈질기게 붙들고 있던 장미꽃 넝쿨도 히말라야를 건방지게 가리고 있는 체리나무에

가 쓰러진듯 강이되어 흐르는 물소리에 들릴듯 말듯 숨어우는 다락방 아이처럼 다닥 다닥 훌쩍거리며 비가 온다.

츠가 태양을 기다리며 걸려 있는 것도 모르고 눈치없이 비가 온다. 빗물이 바람을 눌러 새벽부터 장미꽃 향기는 도망가지도 못하고 발밑을

술렁인다. 흔들리지 않으리라 변하지 않으리라 그래서 돌아가지 않으리라 이렇게 아름다운 날에 두고온 곳에 마음 뺏기지 않으리라. 다

다 다닥 다닥.

꿈

간밤에 나를 괴롭히던 축축한 꿈. 머나먼 거리를 달려온 여기까지 끈질기게 달라붙어 쉽게 떨어지려 하지 않는다. 무슨 일일까? 이렇게 눅눅한 모습으로 거의 매일 꿈에 나타나 땀에 젖게 하는건. 분홍빛 얼룩진 장미꽃 넝쿨 베란다에서 너를 등지고 축축한 꿈을 건조시킨다. 습기를 머금은 기억은 무거워 쉽게 날아가지 않는다. 따가운 아침 햇볕이 어깨를 밀어도 휘발성분 없는 기억과 같은 꿈은 잘 건조되지 않는다. 기다리자 해가 정수리를 지나 히말라야를 넘듯 그렇게 사라지듯 기다리자 비록 내일 또 반짝거리며 창문을 두드리듯 찾아 오겠지만 오늘은 잊어버리자 햇볕에 핑계를 대고 바람에 부탁을 해서 날려버리자. 그렇게 보내버리고 잊어버리자.

짝사랑도 병이다

TRUCOUNT
The Honest
STD PCO
भौंरा
भौंरा
foamat
Campa-Cola

아름다운 고통 _마날리에서 레를 가다_

밤이 피곤에 젖어 제대로 움직이지도 못할 새벽 2시. 어둠을 외면한 채로 달구지 같은 지프에 몸을 실었다. 알이 꽉찬 수박 같은 지프가 흔들흔들 뒤뚱뒤뚱 히말라야를 오르기 시작하면서 심장은 호두처럼 딱딱해져 오로지 어둠 속의 단단하고 날카로운 공기와 내속의 호두알맹이처럼 복잡한 기운이 멀미를 일으킨다. 이미 정원을 초과한 지프는 육중한 몸을 흔들거리며 실룩실룩 실감나게 설산을 돌고 바윗길을 넘나들며 두 눈에 불을 켜고 감질나는 속도로 히말라야를 기어 오른다.

예정된 24시간 중 3시간만에 옆구리를 가르며 내려놓은 킬롱(Keylong) 정상에서 지프도 숨을 혈떡이고 있었다. 어슴프레 새벽을 넘기고 있는 킬롱. 이미 멀미를 일으키며 비현실적인 생각으로 스스로를 위로하며 어둠에 갇혀있던 나는 대부분의 사람들처럼 오줌을 갈기고 있었다. 괴로운 배설 그리고 여명이 밝아 오는 새하얀 히말라야를 본다. 현실 이건 분명 현실이다. 죽어가던 기분이 밝아지는 히말라야 만큼씩 살아난다. 내 눈앞에서 이런 일도 생기는 구나 동양화의 부담스럽지 않은 농담처럼 서양화의 입체적인 질감처럼 현실이 정지되고 학습에만 의지한 기억에만 남아있던 정지된 장면이 현실로 되어 발밑은 차갑고 가슴은 뜨겁게 한다. 설산 꼭대기의 오렌지 빛이 아래로 흘러내리는 동안 근엄하게 세상이 드러나고 어둠은 치욕스러웠다. 세상의 빛이 세상의 아침이 이렇게 시작되는 거구나 이렇게 소리없이 두 눈을 자극하고 심장을 밝히며 아침을 만드는 거였구나… 영광스런 아침을 만나고 다시 모여든 지프 안의 사람들은 나와 같은 감동으로 눈꺼플이 무거워지고 나와 같은 설렘으로 피곤에 젖었지만 차창 밖 풍경을 결코 놓치려 하지 않았다. 몸은 시키지 않는데 마음이 눈을 뜨게 한다. 고산병이 시작되었다. 머리속은 젖었고 어깨는 바위에 눌려 헤어

나지 못할 고통이 계속 되는 만큼 신비로운 풍경도 결코 물러나지 않았다. 정말 괴롭게, 정말 고통스럽게, 아름다운 풍경에 괴롭고 행복한 질주는 끝이 날 줄 몰랐다. 하루가 이렇게 길었던가 하늘이 이렇게 가까웠던가 히말라야는 자신을 보여주는 만큼 대부분의 사람들을 토하게 만드는 고통도 결코 빼놓지 않았다.

세상에 닮은 사람 하나 없듯 수 많은 히말라야 봉우리도 우연히라도 닮은 봉우리 하나 없이 소중한 아름다움으로 앉아 있거나 그렇게 서 있었다.

초록이었다가 하양이었다가 파란 하늘에 하얀 피라미드를 세웠다가 그보다 더 파란 하늘 밑에 오만가지 색으로 버무려져 펼쳐 놓았다가 밀고 당기듯 선명했다가를 반복하면서 히말라야는 수 백개의 자신을 선물한다.

나는 계속 울고 싶다가도 웃고 싶었고 죽고 싶다가도 살고 싶어진다. 해발 5,800미터의 설산에서 결국 괴로운 눈물을 흘렸다. 정신이 아득해지고 가슴이 울렁거려 누울 수도 앉을 수도 없는 상태에서 두통과 구토와 눈물이 숨가쁜 호흡과 함께 범벅되고 비로소 히말라야는 가장 아름다운 구름과 가장 멋진 삼각형의 완벽한 대칭을 보여줬다. 고통이 없으면 기쁨도 없다. 아프지 않으면 아름다움도 없는 거구나 475킬로미터 만큼 계속 되어온 고통스런 아름다움은 결코 잊지 못할 이야기가 되어 나의 여행에 또다른 교훈을 준다. 고산병이 가져온 고통도 그리고 늘 함께 해온 풍경도 나에게는 현실적 경험이다. 누구도 시키지 않았고 어떤 종류의 후회도 필요없는 실제상황.

나는 늘 그런 상황이 다가올 것을 알고 있다. 그래서 행복한 계획을 멈출 수 없다.

사랑한다면

사랑한다면 사랑한다면

마음에 새기고 가슴에 새기세요

비가와도 바람이 불어도 병들지 않도록

사랑한다면 가슴에 새기세요

보이지 않는 사랑이라 두려워 마시고

사랑을 잃을까 두려워 마시고

영원히 기억하고 싶은 사랑이라면

가슴에 마음에 새기세요

당신의 소중한 사랑은 한 사람만 알아도

세상이 다 아는 것보다 사랑스럽습니다

**여행을하면서 내가 한국사람이라는 사실이 가장 창피했던 순간입니다. 수백년 자연과 함께
　살아온 고성에서 한글을 발결하게 될 줄은 정말 몰랐기 때문입니다.

짝사랑도 병이다

나는 할 일이 없다

창살 사이로 보이는 레의 하늘이 파랗게 질리도록 하얗게 기절하도록 푸르던 날 나는 할 일이 없었다. 두고온 쪽 생각하기엔 하늘이 너무 맑고 노래라도 흥얼 거리기엔 너무나 조용하고 처량해서 돌아누워 벽을 바라보다 다시 궁금해진 파란 하늘, 작은 구름들이 밀려나고 황무지 산에는 새 한 마리 살지 않는 한가로운 오후...

나는 할 일이 없다.

별

아까워서 함부로 보지도 못하고 뚜껑을 열면 날아가 버릴까 조심스레 눌러 두었던 보석함을 설레는 마음으로 열어 보니 아니나 다를까 순식간에 하늘 위로 날아가 촘촘이 박혀 버렸다. 그래도 아깝지 않다.

고개를 들어 검은 벨벳같은 하늘을 보니 쏟아질까 무섭도록 반짝인다. 초등학교 입학 전 여름 밤하늘에서 본 듯한 감동의 밝기로 잊혀지지 않을 만큼 빛이 난다. 그 별들이 삼십년을 넘게 바람에 닦여져 오늘 내 머리위에서 내 가슴 속에서 그 밝기 그대로 빛이 난다.

감동이란 어쩌면 다시 한 번 확인 하는 데서 오는게 아닐까 일곱살 때 여름 바닷가 밤하늘에서나 보던 그 별들을 여기서 확인하게 될 줄이야. 아직도 여전한 그 빛이 어딘가에 남아 있었다니.

안심하고 잠을 자도 되겠다.

기억

히말라야

어느

이름 모를

봉우리에서

카치니의 아베마리아를 불러낸다 지나간 기억과 함께

봉우리와 봉우리 사이로

떨어지는 기억 하나

이제는 지워졌다

히말라야의 오아시스 _판공호수_

히말라야 깊은 산속에는 사막도 있었다.
그곳에 오아시스도 숨어 있었다.
히말라야의 오아시스 판공호수

그건 히말라야의 눈물이 고여 파랗게 질린 하늘 아래
울지도 못하고 흐르지도 못하고

채념하고 주저 앉아

세월의 이야기를 담은 호수.

현실 _판공호수2_

나는 어쩌면

어쩌다가 길을 잃어

태고의 문턱에서 서성이다

결국 넘어 버렸는지도 모른다

이건 분명

현실과 비현실의 경계선

아니다

비현실에 가까운 현실

내가 알고 있던 하늘과 산과 강은 이런 것이 아니었으니

나는 이제 영원히 그속에 갇혀도 좋겠다

아가씨에게

수줍어 마세요
당신과의 만남,
오늘 밝은 햇볕아래 부셔지듯 찰나의 순간, 짧은 만남이지만
만남이란 늘 그렇게 시작되는 것

수줍어 마세요
당신의 머리 위에서 파랗게 빛나는 터키석처럼
수줍어 말고 인사해요

오늘 이 순간이 지나면 당신과 나
영원히 만날 수 없는 시간으로 돌아가니
그렇게 수줍어 말고
고개들어 기분좋은 인사해요

안녕 라닥 아가씨

길

당신에게 가는 길
험난하고 고달퍼도
언젠가는 언젠가는 도달할 것을 알기에
그리 멀지 않고
그리 험난하지 않다

오늘도 이만큼 가까워 진다

우리집에 놀러 오세요

제주도와 닮아 있던 알치의 노란 겨자꽃 밭에서 튀어나온 해맑은 꼬마 형제가 생글 생글 웃으며 따라온다. 곁눈으로 슬쩍 슬쩍 카메라를 보다가 얼굴을 보다가 이름이 뭐냐고 물어 온다. 결혼한 친구놈들의 아들쯤으로 되어 보이는 자갈같이 해맑고 밤톨처럼 귀여운 꼬마 형제.

아저씨 우리집에 가요 하면서 수줍은 미소로 대문을 그 미소만큼 열어 놓고 동생은 밀고 형은 가방을 당기면서 수줍은 초대를 한다. 분명 나의 카메라가 신기해서 구경 삼아 불렀겠지만 낯선 사람에게 선뜻 대문을 열어 준 꼬마 형제. 오히려 내가 덜컥 걱정이 앞선다. 부모도 없는 집에 꼬마의 초대만으로 허락이 되는 건지 괜한 오해를 불러 일으키는 건 아닌지 잠시 걱정도 했지만 자갈같이 매끄럽고 밤톨같이 귀여운 미소에 금이 가는 나의 생각. 낡은 카세트 라디오가 세월처럼 매달린 기둥 아래서 자신있는 웃음으로 기대어 있는 꼬마 형제 이제 골동품 가게에서도 찾아볼 수 없을 것 같은 낡은 카세트 라디오가 자랑스러웠나 보다.

어두컴컴한 집안 곳곳을 반짝이는 미소로 환하게 자랑하던 꼬마 형제들. 내겐 아주 특별한 초대였다. 잠시나마 주춤 했던 나의 마음이 스물스물 웃고 있다.

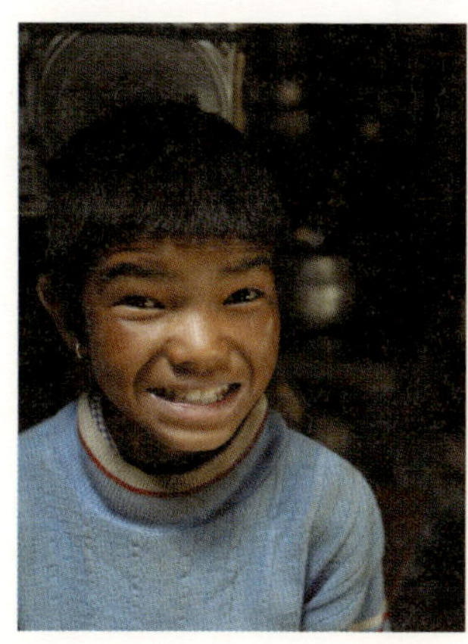

짝사랑도 병이다

꼭꼭 숨어라

파랗게 자라나는 보리밭에 까만 머리에 멋진 모자를 쓴 할머니 그 뒤에 숨어 수줍게 고개들지 못하는 벙거지 모자의 손자는 보리밭이 달아나지 못하도록 물을 대고 있었다. 할머니의 치마폭에 숨어서 등뒤에 숨어서 보리밭에 숨어서 낯선 사람의 시선을 피해보려 할머니를 성가시게 하던 꼬마 아이. 나는 미안해서 더이상 다가갈 수 없었다. 렌즈 속으로 총총히 사라지던 정겨운 뒷모습에 보리밭이 춤을 춘다.

파랗게 자라나는 보리밭에 까만 머리

개들지 못하는 벙거지 모자의 손자

할머니의 치마폭에 숨어서 등뒤에

러 할머니를 성가시게 하던 꼬마 아

속으로 총총히 사라지던 정겨운 뒷모

인자하게 웃고 있는 선생님에게서 아이들은 부드러운 마음을 배운다.
개구진 친구들의 얼굴에서 아이들은 든든한 우정을 배운다.
모두가 하나 되는 목소리로 사랑을 배운다.

아이들은 학교에서 생각보다 많은것을 배우고 있었다.

배설 _너에게로_

너를 만난 건 대부분 달갑지 않은 밝기의 불빛 아래서 였다

서서히 번져가는 그라데이션처럼

단계적 수법으로 너도 모르게 이미 너의 가운데까지 다가선 나

너와 나만 아는 밀실에서의 은밀한 거래

햇볕도 각을 찾지 못하는 작은 크기의 창 아래서

너에게 텔레파시를 쏟아 낸다

자신도 모르게 꺼낸 괴로운 구역질이 아니다

오래전 부터 숙성되어 왔던 너의 이미지를 쏟아 낸다

내가 지니고 있던 모든 것을 배출 하고도 아깝지 않을만큼

너를 사랑한다...

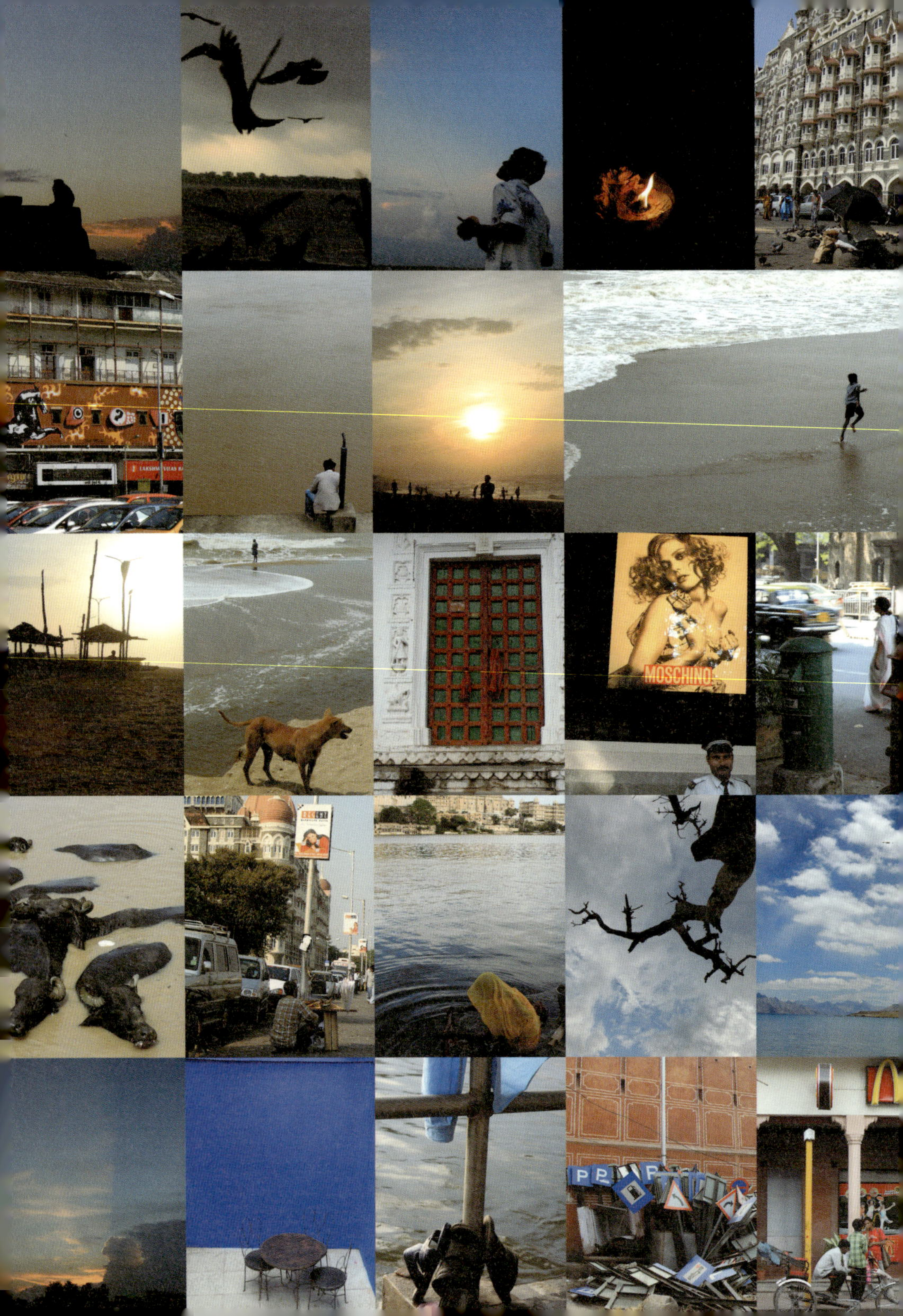

126

어디쯤 일까?

딱히 할 일도 없고 딱히 하고 싶었던 것도 없던 날들. 그런날
들 속에서 내가 있었고 그곳은 인도였다. 인도였으니까 가능
했고 인도였으니까 가능하다 적어도 나에게는. 시간이란 어
차피 흐르게 마련이다 보채지 않아도 시간이란 어차피 흘러
가게 마련이다 되돌리고 싶어도... 그렇게 한 없이 자유롭고
조금은 쓸쓸했던 날들이 흘러가는데 나는 그곳이 어딘지도
제대로 알지 못했다. 그럼에도 불구하고 여전히 지울 수 없는
아픈 추억은 생생하게 존재하며 떠나려 하지 않았다.

사랑 그것은

뜨거운 바람이 하얀 대리석을 달구고
아무도 없을 하얀 달밤에 까만 터번 속의 생각은 풀어 놓지도 못하고
금빛 지붕을 향해 마음으로 기도한다.

한 번도 보지 못한 신에게 앞으로도 볼 수 없을 신에게 그렇게 기도한다.
무거운 터번을 조아리며 가벼운 마음으로 기분좋은 주문을 외운다.

오직 마음에만 존재한 채 세상 가득 존재하듯 기도한다.

사랑은 확인하려 하는 게 아닌 것처럼
때로는 이유를 알아서도 안되는 것처럼
기도할 수 있음이 행복이듯 사랑할 수 있음이 행복인 것이다.

그런 게 사랑이다.

황금사원에서

호수에 잠들다

하늘보다 높은 산을 내려왔다. 바다보다 넓은 들판을 달리고 구름같은 숲을 지나 울렁거리고 설레는 마음으로 찾아온 스리나가르.

곳곳에 총을 들고 서있던 무표정한 군인들에게서만 이곳이 아직 온전한 평화의 지역이 아니라는 것을 알게할 뿐 추억을 불러내듯 일렁이고 있는 호수는 평화롭다기보다 슬프기까지 하다.

노랗게 피어난 연꽃이 반쯤은 일그러져 출렁거리며 휴식하는 수면 위의 도시. 노란 연꽃이 마음을 닫을 때쯤 오렌지색으로 내려와 번지는 하늘과 호수와 바람. 오렌지색으로 물던 바람은 달빛에 물러나고 달빛에도 점령당하지 못하는 호수는 하늘과 수면을 구분하지 못하도록 초승달로 떴다.

아, 어지러운 밤이다.

어디까지 호수인 것이며 어디서부터 하늘은 시작되는지 구분되지 않는 시각과 헤아릴 수 없는 마음. 희미한 달빛 사이로 시카라가 호수면을 가른다.

스리나가르에서의 첫날 밤

꽃배

구름이 떠다니는 호수 위로

한가득 고백을 싣고

그리움에 정박하지 못한 채

침몰하듯 떠다닌다

사랑을 말하지 못하는

사람을 찾아서

사랑을 알지 못하는

사람을 찾아서

고백하라고 그리워만 하지 말라고

꽃보다 아름다운 고백을 싣고

그리움을 싣고 흘러간다

하우스보트에서

하우스보트 테라스에서 체 게바라를 읽다가 물오리가 만드는 작은 파도를 헤

아린다. 시큼한 라임색 물빛과 그 위에 무게없이 눌러앉은 수련을 바라보면서

집중하지 못하는 오전을 보낸다.

체 게바라가 티티카카 호수에 도달 했을 때 쯤 나는 여전히 이곳 스리나가르

의 호수 한편에 앉아 줄담배나 피워대면서 시간을 죽인다. 비경제적인 시간이

지만 이 더딘 시간이 더욱 더 더디게 흐르기만 바란다.

체 게바라 당신은 인류의 평화를 위해 나는 미안하게도 나의 평화만 이라도...

그렇게라도

시간을 잃어 버리다.

연꽃도 가슴을 열지 못했다.

시계처럼 열리고 닫히던 영민한 노란 연꽃이 마음을 닫은 채 빗방울이 그려내는 동그라미 속에 갇혀 드문 드문 부유하는 시카라만 바라본다. 하루 종일 내릴 모양이다. 대부분의 여행자들도 마치 모의나 한 듯이 하우스보트에서 감금되어 호수에 떨어지는 동그라미를 바라보거나 담배를 피우거나 책을 읽는 게 전부다. 반드시 유적지를 돌아봐야 한다거나 시간이 아까워 정지해있는 것을 불안해 할 이유는 없다. 그날 눈을 떠서 그날 생각나는 일을 몸이 시키고 마음이 시키는대로 하면 될 뿐이다. 스리나가르에 도착한 이후 줄곧 빈둥거리며 호수를 떠다니거나 낮잠을 잤다. 생각이 정지해 버리고 시간이 정지해 버린 것처럼. 위험하다는 핑계로 호수 밖에는 나가지 않으려는 게으른 발상과 오늘 같이 비 내리는 날은 우산이 없다는 핑계로 게을러지려 하는 발상은 나에게 보장된 자유다. 적어도 이곳 스리나가르에서는...

이상하다...
이렇게 여행에 흡수되는 내가 말이다.

환생

3년만에 다시 찾은 바라나시는 비에 젖었다,

아침도 사람도 갠지즈도 비에 젖어 회색빛 하늘로 말을 건낸다.

매연같은 하늘 아래서 여전히 힘차게 페달을 밟고 있는 사이클 릭샤 여전히 뜨겁게 타오르는 화장터의 영혼들 모든 게 그대로인 그앞에 다시 서서 갠지즈를 바라 본다.

나만 늙어버린 시간 속에서 놀다가 잘못된 티켓을 들고 자리를 찾지 못하는 사람처럼 너무나 변한 것 없는 풍경 앞에 적잖게 실망도 하면서 한편으로는 다행스럽다고도 생각하면서 변덕스런 내마음보다 느리게 흐르는 갠지즈를 바라본다.

죽어서라도 한 번 와야 한다던 그들의 염원이 끝내 사실이 되어 뜨거운 장작위에 누워 강으로 흘러가길 하늘로 날아가길 기다린다.

때로는 삶이 지금보다 뜨거운 고통이었을 테지. 그러니까 다시는 인간으로 태어나지 말아라. 영원히 하늘에서 아우성도 없이 눈물도 없이 그리움도 이별도 없이 그렇게 살게 되기를 영원히 영원히…

갠지즈가 영원히 마르지 않는 것처럼 그렇게 당신이 바라는 곳에서 영원히 환생하지 말기를.

타블라의 밤

귀신도 없을 검은 밤, 번개가 허리를 때려 살려내는 갠지즈를 바라보며 시체 타는 연기에 실눈을 뜬다.
약속처럼 매일밤 정전이 되고 오늘은 타블라 소리가 밤을 밝힌다.
검은 빛 옥상에 올라앉아 타블라의 리듬을 타고 하늘과 갠지즈를 구분 하려 먼 곳으로 짐승처럼 집중해보려 하지만 그 울림이 너무나 가까워 자꾸만 심장을 뛰게 한다. 달밤의 늑대처럼 또는 그 위에 떠 있는 먹구름처럼 주위를 어슬렁 거리다가
순간...

그소리,

천둥을 만들다가 번개를 그려 내다가 끝내 폭우를 부르고 여행자들의 어깨에 가슴에 밀착되어 오늘밤 첫사랑처럼 설렌다.
그 미묘한 두드림이 그 예리한 울림이 파장을 일으켜 지나간 생각이 없어진 추억이 연기처럼 날아올라 끝내 먼 하늘을 보게 한다.
오늘은 이쯤에서 잠들어야 한다.
생각은 강물에 흘려 보내고 아무렇지 않은듯 리듬에 마음을 다스리고 어제처럼 그렇게 잠들고 싶다.

디아

추억이 건조된 나뭇잎 위에

처음 만나듯 꽃을 뿌리고

정성을 다해 불을 밝혔다

영원히 변하지 않을것처럼

마음에 불을 붙이고

너그러운 갠지즈에 너를 떠나 보낸다

다시는 돌아오지 않을 것을 알면서

느리듯 급한 마음으로 흘러가는

너를 바라보며 비는 소원 한 가지

돌아오지 말라고

돌아오지 말라고

이별의 도시에서 만나다

그곳이 어딘지는 몰라도 그곳으로 가기 위해 세상과 이별하기 위해 갠지즈를 만나러 온다. 혼탁하게 흐르는 갠지즈에 그 보다 더 혼탁해져 버린 몸을 담그며 마음을 정화시킨다. 영혼까지 맑아지기를 원한다. 이별의 도시에서 만나게 되는 많은 사람들 그들은 이별하지 않는다. 이곳에서 이별하고 이곳에서 새로운 만남을 건져낸다.

죽음의 터전에서 살아가는 많은 사람들 또한 죽음이 두렵지 않다고 했다. 그들에게서 죽음은 새로운 만남이다. 그래서 세상과 이별하고자 하는 게 아니라 새로운 세상을 만나러 온 것이다.

평생 한 번도 둘러보지 못 한 걸쳐 보지도 못한 금색천을 두르고 머리에 꽃을 이고 갠지즈에 누워 말없이 말없는 하늘을 바라보며 홀연히 연기가 되어 새로운 세상으로 금빛 찬란하게 사라지고 싶은 것이다.

그렇게 만나고 싶은 것이다.

그래서 슬퍼하지 않는다. 그 누구도 눈물 흘리지 않는다. 슬픈 일이 아니기 때문에 슬퍼하지 않는다.

이별이 언제나 슬픈 것만은 아니라는 것 이별 할 수 있다는 것에 감사해야하는 일이기도 하다.

낮잠

구렁이처럼 흘러 내리는 땀을 목에 감고

손바닥만한 그늘에 누워 낮잠을 잔다

시원하게 불어오는 바람도 없고

편안하게 받쳐줄 이부자리도 없지만

이 순간 행복하다

뜨거운 태양보다 무서운 기억을

어두운 지옥보다 무서운 외로움을

등지고 돌아누워 내 것이 아닌 것처럼

잠시 눈을 감을 수 있는

지금 이 순간이 행복하다

동굴

암모니아 냄새가 미간을 펴지 못하게 하던 어둡고 답답한 터널. 그 터널 끝에 무거운 표정의 사내가 구걸을 하고 있었다. 답답하고 긴 터널이 끝나는 곳에서 죽음보다 절박한 삶이 시작되고 있다. 삶을 이어나가기 위해 버릇처럼 손을 내미는 사내의 표정은 터널처럼 동굴처럼 어둡다.

내가 건네는 동전 한 닢이 그에게 햇볕처럼 반짝 빛이 날 수 있을까? 나는 영원히 햇볕도 들지 않는 그 터널을 빠져나오면서 사내의 표정 때문에 마음이 동굴 같았다.

짝사랑도 병이다

페와호수에 앉아서 _네팔_

포카라에는 구름이 반이고 호수가 반이다. 히말라야 설산은 구름 뒤에 삼각형으로 조용히 앉아서 페와호수에 귀한 얼굴을 잠깐씩 비추고 낮잠을 잔다. 하늘의 반쯤은 열려있고 그 반을 뒤덮은 구름은 호수면 위에 떨어져 봄날 화장을 하듯 셀레는 감정을 파랗게 물빛에 담았다. 하얀 설산과 파란 호수 그리고 구름.

포카라에 도착하면 페와호수에서 그리운 이들의 이름을 불러 주기로 했다. 그렇게 약속을 했다. 하늘 가까운 이곳에서 히말라야를 등지고 부푼 감정을 소리도 없이 눌러 담은 호수면을 떠다니며 그리운 사람들을 그리워 하기로 했다. 나의 안녕과 그들의 안녕을 하늘 가까운 이곳에 풀어 놓으면 조금 더 빨리 그 소원이 그 안녕이 이루어질 것 같아서 나는 포카라에 도착하자마자 페와 호수에 구름처럼 나왔다.

담배를 피우다가 한 사람을 생각하고 구름에 매달아 놓았다. 하늘을 바라보며 또 한 사람을 생각하고 설산 위에 올려 놓았다. 그리고 히말라야를 바라보며 또 다른 히말라야 봉우리마다 한 사람씩 그렇게 그리워 하다보니 페와호수엔 물이 아니라 그리움만 가득하다.

나는 그러면서 행복하다고 생각했다.

호수 가득 하도록 그리운 사람들이 넘쳐나는 지금이 행복하다고 느껴진다.

그리워 할 수 있을 때 그리워 한다는 것은 분명 다행스런 일이다 그리워 하고 싶어도 그리워 해서는 안될 일이 세상에는 너무 많기 때문에…

짝사랑도 병이다

진실 _Sarangkot에서_

비가 온다 구름 위에서 비가 온다.

발 아래 무성하게 이방인처럼 떠돌아다니는 구름 위로 비가 온다. 히말라야 보다 높은 구름에서부터 낮게 엎드린 사랑곳 봉우리에 걸쳐진 구름사이로. 그러니까 구름과 구름 사이에서 비가 오는 것이다. 그 아래 사람들은 그 사실을 모르겠지만 구름이 무성한 이곳 사랑곳에 올라보니 구름 위로 비가 오고 있다.

엷게 퍼진 안개를 닮은 힘없는 구름 속에서 천사를 닮은 꼬마 아이가 돌담위에 걸터 앉아 인사를 하듯 "캔디? "하고 묻는다.

나는 캔디가 없어 꼬마야 다음에 만나면 줄께 하는 빈말과 함께 안개를 닮은 구름 속으로 꼬마아이와 멀어졌다.

오다가다 마주친 수많은 인연 앞에 내가 쉽게 던져버린 안개 같은 말들. 지키지 못할 약속. 물론 꼬마도 다음이란 말을 절대로 믿지 않았겠지만 나는 늘 지키지도 못 할 약속을 아무렇게나 내뱉으며 살지는 않았는지 모르겠다. 그 순간을 피하려 없는 미래를 당겨 쓰지는 않았는지…

구름 속에 가려져 답답한 사랑곳 봉우리.

비록 구름 속에 가려져 보이지는 않지만 분명 그곳에 있다는 확신으로 힘들어도 오르는 것 처럼 나는 누군가에게 확신되고 확인되는 사람으로 살고 있는가? 구름 같은 안개 속에 안개 같은 구름 속에서 나는 마음속에 천둥과 번개를 부른다. 아주 쉬운 만남이라도 반드시 인연의 소중함을 한 번쯤은 생각해야 하는데 말이다.

사랑곳 꼭대기에 오르니 여전히 안개 같은 비가 내린다.

네팔 Sarangkot에서

이별

한 가지 아쉬운 게 있다면

당신의 진심을 알 수 없었다는 것

지금 내가 마음이 아픈 건

아직도 당신의 진심을 알 수 없다는 것

세상 가장 아름다운 비행

기억도 할 수 없는 어지러운 꿈을 꾸다가 옥수수잎으로 퍼붓는 빗소리 때문에 잠을 설치고 말았다. 포카라에서 카투만두를 가기 위해 Sita항공 티켓을 끊어놓고 부푼 마음으로 잠이 들었는데 엄청난 비가 내리고 있었다. 포카라에서 일주일 넘게 있으면서 안나푸르나를 보려고 노력 했지만 새벽녘이나 어쩌다가 구름이 걷히는 동안 감질나는 모습 뿐이었다.

그래서 세상 가장 아름답다는 히말라야 비행을 기대했는데 역시 꿈이 너무 컸다. 포카라 공항에 도착할 쯤 다행히 비가 그치고 하늘이 맑아지고 있었다. 20인승 프로펠러 비행기가 비틀비틀 하늘을 날고 불안한 자세로 구름 속을 배회하고 있다가 몇 번의 바람에 휘청거리며 롤러코스터를 타듯 불안하게 했지만 히말라야를 보겠다는 나의 의지는 구름 속에 갇혔다.

이렇게 편한 자세로는 히말라야를 보면 안되나 보다. 이어폰 속에서 흘러 나오는 "키작은 하늘" 린의 간들어지는 목소리와 구름 속의 동네는 닮아 있었다. 어딘가 모르게 애닳프고 왜 그런지 모르게 고요해서 자꾸만 마음이 아래로 추락한다. 그녀의 목소리와 구름과 작은 프로펠러 비행기가 하늘을 난다. 그것도 모르고 발 아래서 여전히 열심히 살아가는 산간마을 사람들의 머리위로 가볍고 시원한 바람이 불기를 바란다. 내 마음처럼.

비록 히말라야를 보지는 못했지만 창공이 아닌 히말라야 속에서 히말라야를 다시 보는 날이 오리라 믿는다. 여행은 모든 걸 쉽게 허락하지 않는다는 것을 또 한 번 느끼며 짧고도 아름다운 비행을 마친다.

쿠마리를 위하여

꽃은 피기 전이 더 아름다운 것인가?

세상 처음 발걸음하게 되던 날 그렇게 순수하게 당신에게로 와서 당신이
하늘보다 높은 줄 알았으며 당신이 땅보다 넓다고 생각하며 당신이 보내
오는 일방적인 사랑만 받으며 살아온 날들.
찬란하게 쏟아지는 봄 햇살도 모르고 손끝으로 파고드는 시린 겨울의 감
정도 모른 채 여러 날의 사계절을 당신 아래서 살다가 빨갛게 꽃잎이 떨
어지는 날 처음 걸어온 세상을 처음같은 불안함으로 떠나게 될겁니다.
가장 아름답다는 이유로 멀어지게 될 겁니다.
어디로 가야할지 모르지만 어딘지도 모르고 왔던 것 처럼 세상 밝은 곳으
로 세상 가장 어두운 마음으로 떠나야 합니다.
부디 그 꽃이 떨어지지 않기를 바라며 내 마음 하루하루 마치 어린아이처
럼 자라지 않길 바랍니다.
그러길 바래 봅니다.
안 된다는 것을 알지만...

**쿠마리는 상처가 없는 어린 여자 아이를 선별해 살아있는 여신으로 추앙 받으며 성안에서만 살다가 초
경이 시작되면 세상밖으로 강제 환속 당하는 어쩌면 안타까운 운명을 지녔다_ 사진은 쿠마리와 관계없음
을 알려드립니다. 쿠마리를 찍으면 안된다는 경고에 겁을 먹고 카메라를 꺼내지 못했는데 다들 찍더라
는...

꿈을 파는 소년

빗방울이 산발적으로 튀어오르고 사이클 릭샤의 속도가 빨라지면서 타멜 거리도 흑백영화처럼 일시정지.

처마밑으로 떨어지는 빗물 사이로 까만 비닐 봉지를 머리에 쓰고 비닐 봉지보다 더 남루한 우산을 쓴 아이가 다가 온다. 까만 눈동자 위로 빗물이 떨어지고 우산뒤의 하늘은 밝은 회색이다. 하얀 도화지 위에 그려진 세상에는 비가 오지 않고 있었다. 파란지붕의 단층 집, 이층의 근사한 영국식 저택에 냇물도 흐르고 물오리도 함께 사는 그런 꿈같은 집이 아이의 손에서 비를 피하고 있었다.

"제가 그린 그림이에요 사실래요?" 빗물을 튕기며 달리는 오토바이 소리에 묻혀 일지정지 했던 그림같은 풍경이 살아나는듯 했다.

"얼마야?"라고 묻자 그냥 주고 싶은대로 달라고 하는 애매한 소리…

10루피를 쥐어 주고 그림은 다른 아저씨에게 팔라고 하자 꾸벅 인사를 하며 소중하게 돌돌 말아서 다시 비닐 봉지로 들어갔다.

궁금하다.

그냥 받아올 걸 그랬다는 생각이 든다. 우산도 없이 당황스럽던 비를 피하느라 그림이 젖을까 달라는 소리도 못했는데 소중하게 돌돌 말아서 가슴에 품고 올 걸 그랬다.

지금쯤 그 꼬마아이는 이 밤도 누군가에게 팔고 싶은 그림을 그리고 있을 테다. 비라도 피하면서 그림을 그리는 건지 꼭 그림처럼 그런 집을 짓고 살게 되기를 그림 속의 집보다 더 근사한 마음으로 자라나길 바란다.

때로는

세상을
살다 보면

때로는
자신의
능력보다

더
많은 것을
요구 당할 때가 있다. 그럴 때가 있다.

공중산책

구름 속에서 길을 잃은 적이 있는가? 안개가 아니라 구름 속에서 길을 잃은 적이 있는가? 잘 그려진 만화 영화에서나 볼 수 있을 것 같은 구름 속의 산책. 모든 것을 발 아래 두고 구름 속에서 오고 가는 사람들을 보면서 내 마음 구름처럼 흐트러 질까봐 조심조심 걸어가는 오후.

분명 땅 위를 걷지만 동시에 구름 속을 걷기도 하는 곳. 고개를 90도로 들어 올리고 실눈을 뜨며 아스라히 바라보는 게 아니라 비행기 창밖으로 잡히지도 않는 구름을 영화관람 하듯 보는 게 아니라 이곳 다질링에서는 구름을 보지 않는다. 구름이 팔을 스치고 잠깐식 머리에 올라 앉기도 하며 앞서가는 사람을 숨기기도 한다. 나는 그런 구름 속에서 눅눅하지만 구름처럼 하얀 종이위에 편지를 쓰고 구름같은 담배를 피우기도 하면서 구름처럼 편안한 시간을 흘려보낸다. 가끔씩 반짝 반짝 빛나는 해를 보려고 두리번 거리기도 하지만 아직은 구름 속의 편안함이 신기할 뿐이다. 공기를 마시듯 구름을 마시고 창문을 열면 방안으로 구름이 안개처럼 찾아오는곳.

나는 침대에 누워 솜사탕 같은 구름을 만지작 거리는 꿈을 꾼다.
다질링에서...

누군가는

구름이 안개처럼 흩어지던 이른 아침.

다질링역 귀퉁이 좁다란 철로길 위에서 말없이 석탄을 줍던 아이. 이쁘게 차려입은 친구들은 학교를 가느라 바쁘고 그 아이 석탄을 줍느라 바쁘다. 까맣게 석탄을 묻히고 여전히 하얀 눈동자를 굴리며 능숙하고 슬픈 손놀림이 힘겹던 아침.

하늘 아래 첫 동네.

모든 사람들이 평화롭게 살 수 있는 건 아닐 테지만 누군가는 저 소년의 손놀림을 멈추게 해야한다. 학교 가는 친구들 틈에 어우러져 까만 비닐 봉지 대신 이쁜 그림이 그려진 책가방을 쥐어줘야 한다. 누군가는 조금 더 사랑해야 한다. 아직 사랑이 필요할 때다. 안개 같던 구름이 걷히고 난 뒤에도 한참동안 석탄을 줍던 아이의 눈망울이 잊혀지지 않는다.

시간은 흐른다 구름처럼

추억은 현재보다 강하고 흑백은 칼라보다 강하다.

언덕 아래 그 파랗던 하늘도 상냥한 기분으로 거닐던 사람들의 표정도 수묵화처럼 회색으로 번져 비를 뿌리듯 우울한 풍경을 그려 나갔다. 철로변 양철집 앞에서 할머니 혼자 염주를 돌리며 기도를 하신다. 다질링에 온 후 가장 가슴뛰는 광경이다. 적어도 나에게는.

할머니 혼자서 염주를 돌리며 묵상에 빠진 풍경은 인도 어디에서나 볼 수 있는 흔한 풍경이지만 3년 전 그때도 바로 그 자리 매일 같은 시간에 햇볕 마중을 나오시던 할머니 두 분... 그런데 지금은 혼자다. 어제도 오늘도... 3년 전 매일 같은 자리에서 오순도순 정답게 햇살같은 이야기를 구름 같이 피우시던 할머니 두 분이 너무나 정겨워 보여 사진을 찍어 드렸는데 지금은 혼자 계신다. 며칠째. 그동안 인도는 달라진 게 아무 것도 없다고 투덜거리던 나는 문득 먹구름처럼 심장이 멎는다. 그래도 세월은 흘렀나 보다. 매일 같이 변함없는 풍경으로 잔잔하게 흘러가는 것 같았지만 그속에 일어나는 작은 변화들. 너무나 자연스럽다는 것을 알지만 오늘 저렇게 햇볕도 나오지 않는 날 홀로 자리를 지키는 할머니가 외로워 보이는 것은 나도 모르게 지나간 시간속의 추억 때문이리라. 언젠가 다시 이곳을 찾을 때까지 그때까지 여전히 건강하신 모습으로 즐거운 기도를 하고 계시면 좋겠다. 그때는 처음 본 그날처럼 뭉게구름 이쁘게 피는 날 따뜻한 햇볕을 받으며 소박한 웃음으로 나의 카메라를 보셨으면 좋겠다. 오늘은 꼭 어머니께 전화를 드리고 싶은 날이다. 칸첸충카 높은 봉우리만큼 문득 어머니가 보고싶은 날이다.

2003가을

위로

세상에 외롭지 않은 것이 있는가?

일도

사랑도

생활도...

짜사랑도 병이다

욕심

내일이면 또 20시간 짜리 기차 여행이 기다리는데 다질링의 밤은 비에 젖어 불면을 부른다. 단순한 생각들로 머리가 복잡해진다.나는 무엇때문에 매번 불면의 밤을 부르는가? 분명 미래에 대한 욕심 때문이리라. 때가 되면 자연스럽게 다가오고 지나갈 것들을 미리 불러내어 상상하고 고민하고 추측하다가 결국 밤을 밝히고 만다. 지금도 충분한데 욕심이 점점 커진다. 두 달 가까운 시간 옷 몇 벌과 카메라와 세면도구만 가지고도 잘 살았는데 고민에 빠져 미래에 대한 걱정을 하는 밤들은 바보스럽다. 그동안 너무 많은 것들을 가지려고 노력했다. 좋은 차, 넓은 집, 멋있는 옷... 하나가 있으면 또 하나가 필요했고, 둘이 있으면 다시 세 번째를 준비하면서 살아야 했다. 얼마나 불필요한 삶이었던가? 정말 필요한 것, 내가 가진 물건 중에 하루 한 번씩 쓰는 것과 일주일에 한 번 쓰는 것 그리고 일 년 가도록 손이 닿지 않은 것들도 있을 텐데 비어 있으면 늘 불안하고 균형이 맞지 않는다는 생각. 내 불면의 요인은 욕심이다. 욕심이 넘쳐 진흙처럼 피곤한 밤. 버리는 연습 필요하다. 정말 필요한 것 소중한 것만 남기고 버릴 줄 아는 연습이 필요하다. 버리면 마음이라도 넓어지지 않겠는가? 나에게 필요한 건 내 소중한 사람과 따뜻한 침대와 즐거운 식탁. 짐작컨데 내가 부자로 살게 된다면 아마도 난 일에만 전념했을 것이다. 이 자리에 없어야 할 것이다. 부자로 산다는 건 그다지 부럽지 않다. 늘 지금처럼 작은 집에서 사랑하는 사람과의 즐거운 대화를 꿈꾸며 별로 잃어버릴 것도 없는 환경에서 그렇게 행복하게 살고 싶다. 조금만 욕심을 낮추고 산다면 내 불면의 밤들이 반으로 줄어들 수 있을 텐데...
나는 이곳 사람들보다 확실히 많은 것들을 가지고 산다.

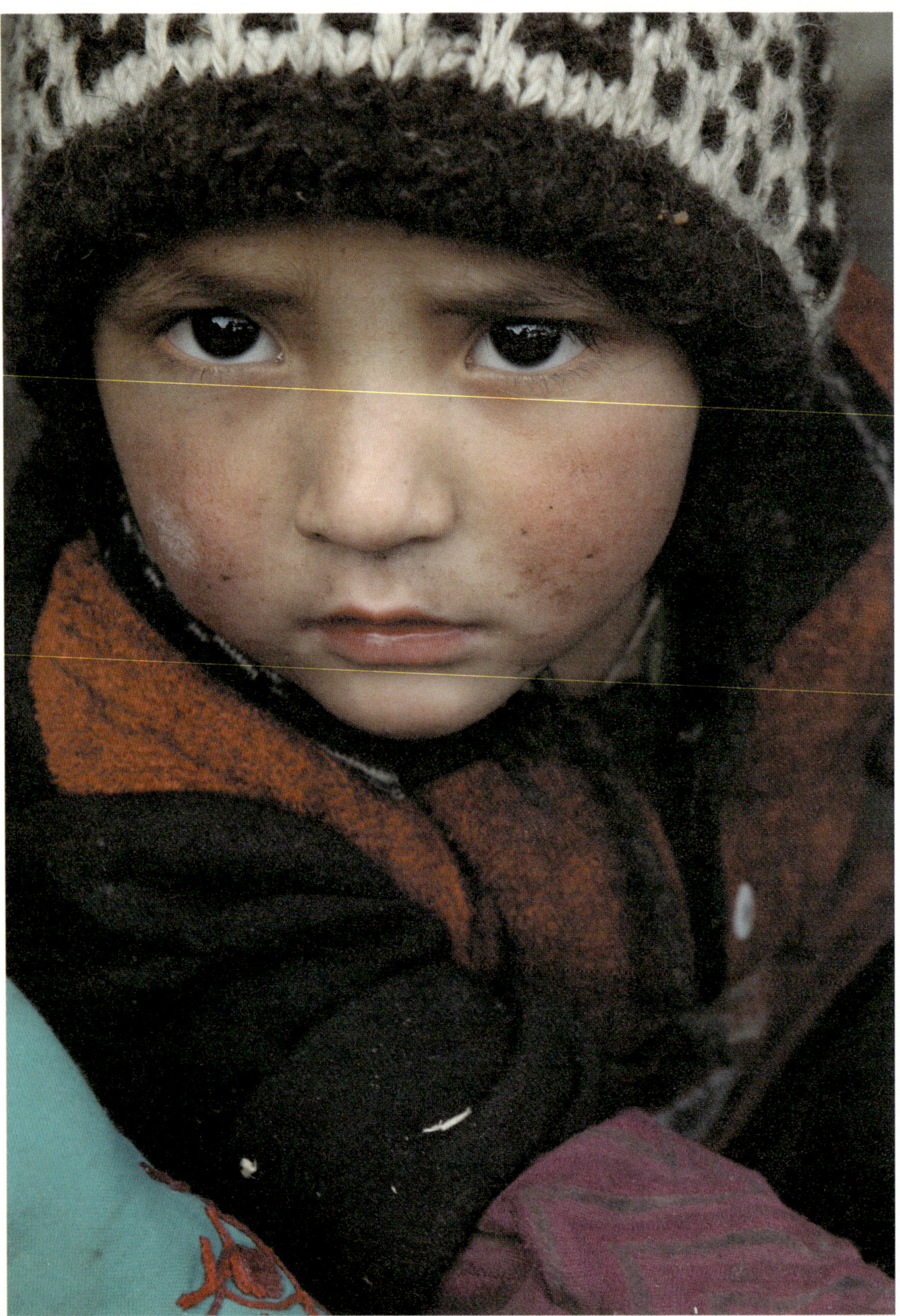

일방적인 건 불편하다

일방적인 건 언제나 불편하다

문득 생각지도 못한 곳이 아픈 것 처럼
남아있는 추억에 통증을 느끼며 앓아 누웠다

내가 이토록 나약한 사람이었던가

내가 이토록 모질지 못 한 사람이었던가

내가 이토록 자제력 없던 사람이었던가

혹시 하는 우연을 아직도 기대하며
끝이 나지 않는 상상으로 초조한 날들

언제나 일방적인 건 불편하다

이별여행

이쯤에서 지쳐버렸다면 지나간 내 사랑이 모자란 걸까?

아직도 못 잊고 산다면 여전히 채워지지 않는 욕심일까?

네가 없는 곳으로 떠나와서 너를 잊어보려 하지만 버릇처럼 네가 있을 하늘만 바라본다. 이별한 시간이 언제였는지 기억도 없는데 자꾸만 사실이 아닌 것 같아 마음은 이별을 거슬러 올라 추억 속에 살려 한다.

머 물 려 한 다 . 떠 나 지 않 으 려 한 다 .

하늘만 보이는 방안에 앉아도 나의 생각은 바다만 보이던 네 방 구석에 주저앉아 일어나질 않는다. 내가 돌아가야 할 그곳으로 다시 돌아 간다면 내가 연습했던 마음도 다시 이별의 순간으로 돌아가 버릴까 차라리 낯선 곳이 편하다.지금처럼 떠돌다 보면 그런대로 살아지겠지 그렇게 끝낼 수 없 는 여 행 을 하 며 살 수 는 있 겠 지 .

나는 지금 흔들리고 있다

열등감에 깜빡이는 백열전구 희미한 플랫폼에서 밤의 기차를 기다린다.

버릇처럼 약속을 지키지 못하는 기차를 하품처럼 기다리며 수 많은 사람들의 어두운 얼굴이 문득 나와 닮았다고 생각을 했다.

밤에 이별하는 사람들.

햇볕 없는 얼굴에 불안한 호박색 조명을 받으며 다시는 만나지 못할 것 같은 어두운 약속을 받고 등 떠밀려 올라탄 밤 기차.

꿈속을 달리듯 현실이 아니듯 절대로 만나지 못하는 두 가닥 선로 위에서 다시 만날 미련한 상상을 하며 한 곳으로 달려간다. 모두들.

이곳 어디에서나 기차를 타면 한번쯤 밤과 만난다.

대지 어느 곳에서 시작하더라도 당연하듯이 한번쯤은 밤과 만난다.

이방인처럼 불안하게 흔들리는 밤 기차. 나는 그 속에서 엇박자로 흔들린다.

머리속은 과거로 달려가고 마음은 현재를 달린다.

기차는 추억이다.

버스보다 비행기보다 기다란 추억을 닮았다. 짧은 추억만 가득한 내가 기다란 추억속에 올라타 괴로움을 토한다. 외로운 멀미를 한다.

사랑하는 사람과 기차를 타본 적이 있는가? 측면의 아름다운 풍경을 보면서 반대편 어깨를 나란히 붙히고 함께 달려본 적이 있는가?

누구나 한번쯤은 있을 법한 추억도 없는 나의 잦은 기차 여행은 어두운 밤 풍경만큼 지루하다. 보이지 않는 풍경처럼 답답하다.

기차가 흔들릴 때 마다 그리움이 쏟아질까 두렵다.

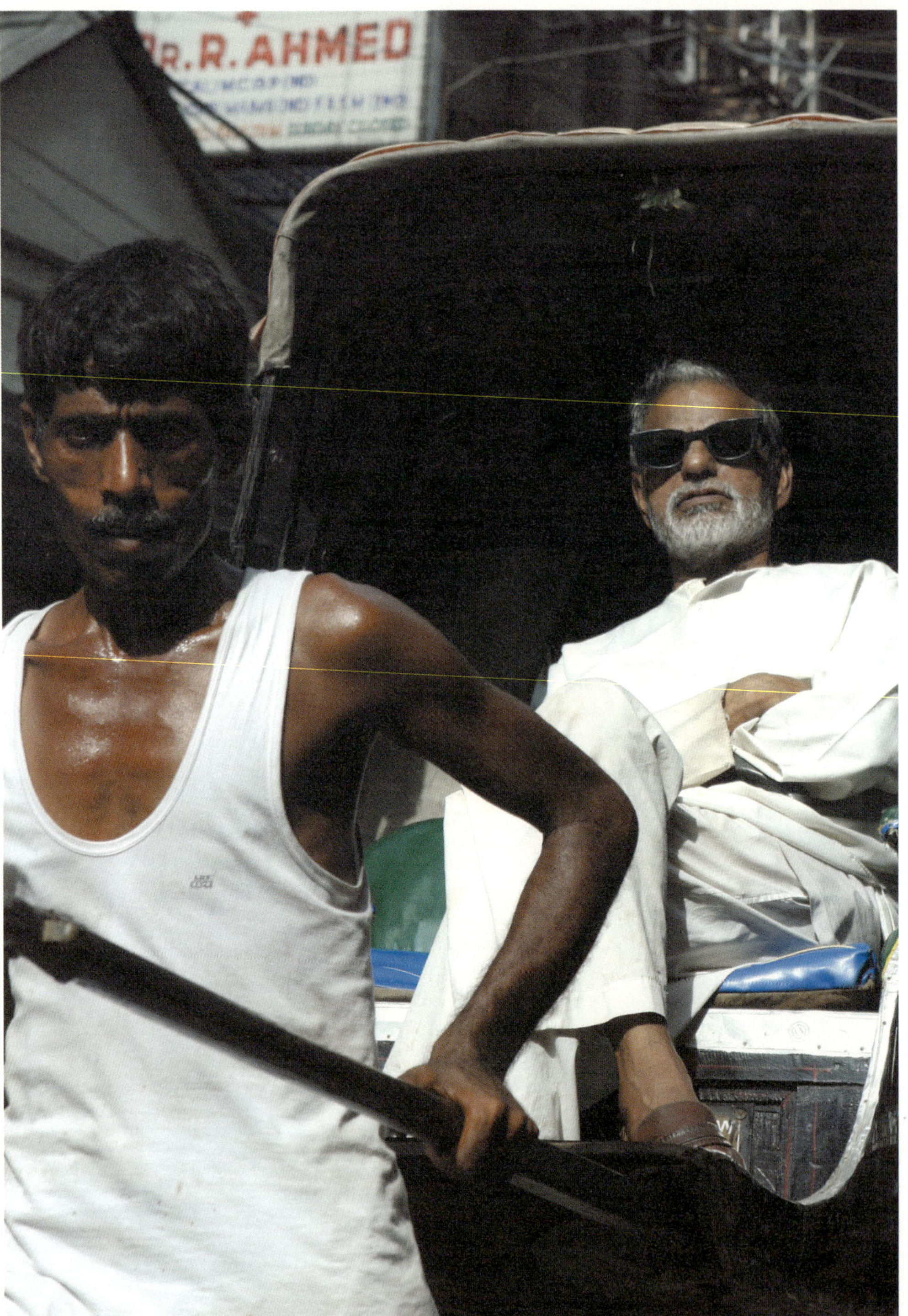
Dr. R. AHMED

캘커타에서

혼탁한 공기때문에 시선은 두배로 집중을 하고 어지러운 소음과 지릿한 냄새 때문에 귀와 코를 막고 싶다는 생각을 하고 걷는데 후두둑 까마귀의 왼쪽 날개가 나의 코 끝을 때리며 어깨 뒤로 급한 회전을 하며 사라진다.

캘커타.

처음 방문했을 때보다 당연히 마음이 느슨해졌다. 굵은 빗줄기가 선로를 막아 다섯시간 정도 기차가 연착하고 있을쯤 나는 미리 바지 아랫단을 반쯤은 접을 줄 아는 정도의 준비도 할 수 있었다. 비의 양과 배수구의 넓이는 일치하지 못하고 그때처럼 혼탁한 빗물이 파도를 치며 골목을 익숙하게 포장하고 있다.

나는 다시 캘커타에 서 있다.

둔탁하고 거대한 또는 폐전 당한 탱크같은 트램이 여전히 전선을 타고 도시를 어슬렁거리고 십여년전 돌아가신 외할아버지를 닮은 분이 바삐 인력거를 달리게 하고 거리는 먹이를 물어 나르는 어미새처럼 바쁘다.

여기 어딘가에 마더 테레사의 은총으로 살아가는 사람들과 그의 정신을 배우려는 사람들이 또 소음 처럼 바쁘게 땀을 닦으며 고된 허리를 펴고 있을테지.

캘커타.

거대한 도시 속에 매일 아침 봉우리를 여는 나팔꽃같이 부지런한 사람들. 낡을대로 낡아버린 회색 건물과 고단한 주름보다 깊이 패인 웅덩이 아무렇지도 않은듯 물을 튕기며 달리는 노란택시.

나는 또 다시 캘커타로 왔다.

우울한듯 유쾌한, 어두운듯 반짝이는 알 수 없는 도시로 나는 다시 왔다.

짝사랑도 병이다

Choice
Aqua Pura

너희들이 천사다

너희는 천사들의 명을 받고 이 땅에 내려와
죄 지은 자와 사랑을 모르는 자에게
죄를 사하라고 사랑하는 방법을 알려주라고
하나님이 보낸 선물이다

너희에게 한없이 약해 보인다 말하는 자
아직도 지은 죄가 많아서이고
너희에게 한없이 불쌍해 보인다 말하는 자
아직도 사랑을 몰라서이다
너희는 약하고 불쌍한 사람이 아니라
오히려 그들보다 강하고 사랑스런 천사다

슬퍼하고 외로워하지 말아라
세상에 남아 있는 또 다른 천사들이
날마다 너희들 곁에 함께 하리니
슬퍼말아라
외로워 말아라

호텔 파라곤

한 무리 까마귀가 비스듬히 빗속을 날아가고 까마귀보다 어두운 밤이 찾아 오면 싸구려 호텔방의 불빛이 빗물처럼 빛난다.

각국에서 몰려든 여러가지 언어들이 산발적으로 쏟아지는 빗물 속에 버무려져 웃음으로 스며드는 밤. 오늘 하루 있었던 이야기들과 그 이야기를 만드느라 땀에 젖은 빨래를 널며 서로의 어깨에 서로의 마음에 추억을 걸어준다. 누군가는 빗물처럼 튕겨내는 기타소리에 또다른 누군가는 노래를 하며 밝히는 캘커타의 밤. 여기 천사들이 살고 있다.

흥청망청 질낮은 담배를 피우며 술도 곧잘 마시는 천사가 어딨냐고 묻는다면 그렇다면 할 말은 없지만 내가 보기엔 그들은 천사다. 자신의 시간을 나눌 줄 알고 자기의 마음을 나눌 수 있는 그런 사람이며 때로는 눈물 흘릴 줄 아는 천사다. 요즘 누가 그렇게 남을 위해 눈물 흘려 주던가? 그렇게 울 수 있는 사람이 몇명이나 되던가? 나는 보았다. 그들의 땀과 눈물과 희망 같은 종류의 미소를... 후덥지근한 새벽공기 마시며 즐거운 마음으로 봉사하러 가는 사람들. 몸이, 마음이 불편한 사람들과 함께 하려고 무거운 배낭은 잠시 방치할 줄 아는 사람들. 타인이 쏟아내는 배설물과 상처와 비명 속에서 자리를 함께하는 사람들. 나는 그들이 천사처럼 느껴진다. 스스로 아름다운 이야기를 찾아내는 천사들이다. 그들의 검은 밤이 찬란한 아침과 사뭇 다르다고 욕하지 마라. 아수라장 같은 검은 캘커타도 그들이 있어 즐거운 곳. Kolkata Sudder ST. Paragon Hotel에는 천사들을 돌보는 천사들이 살고 있다.

짝사랑도 병이다

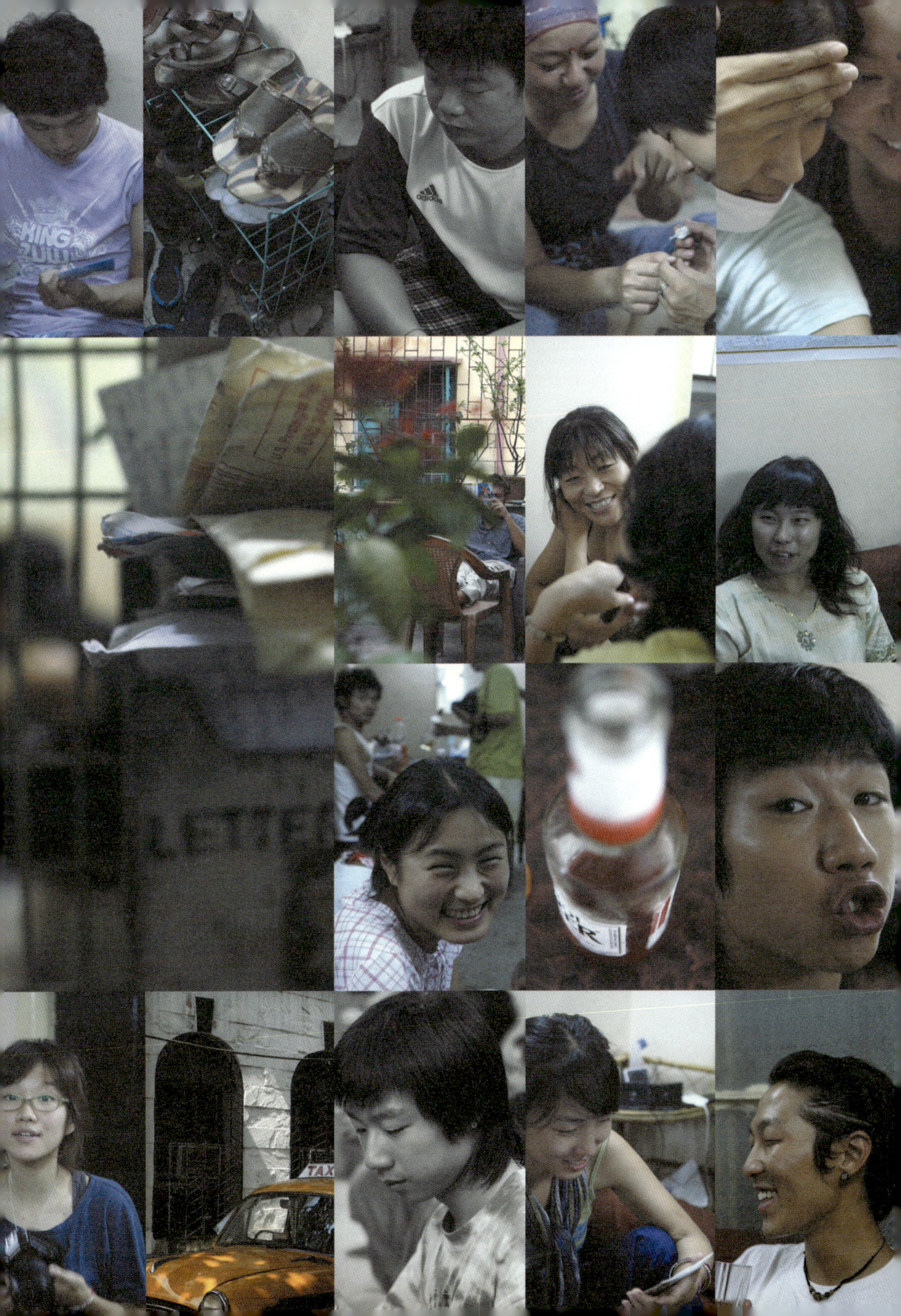

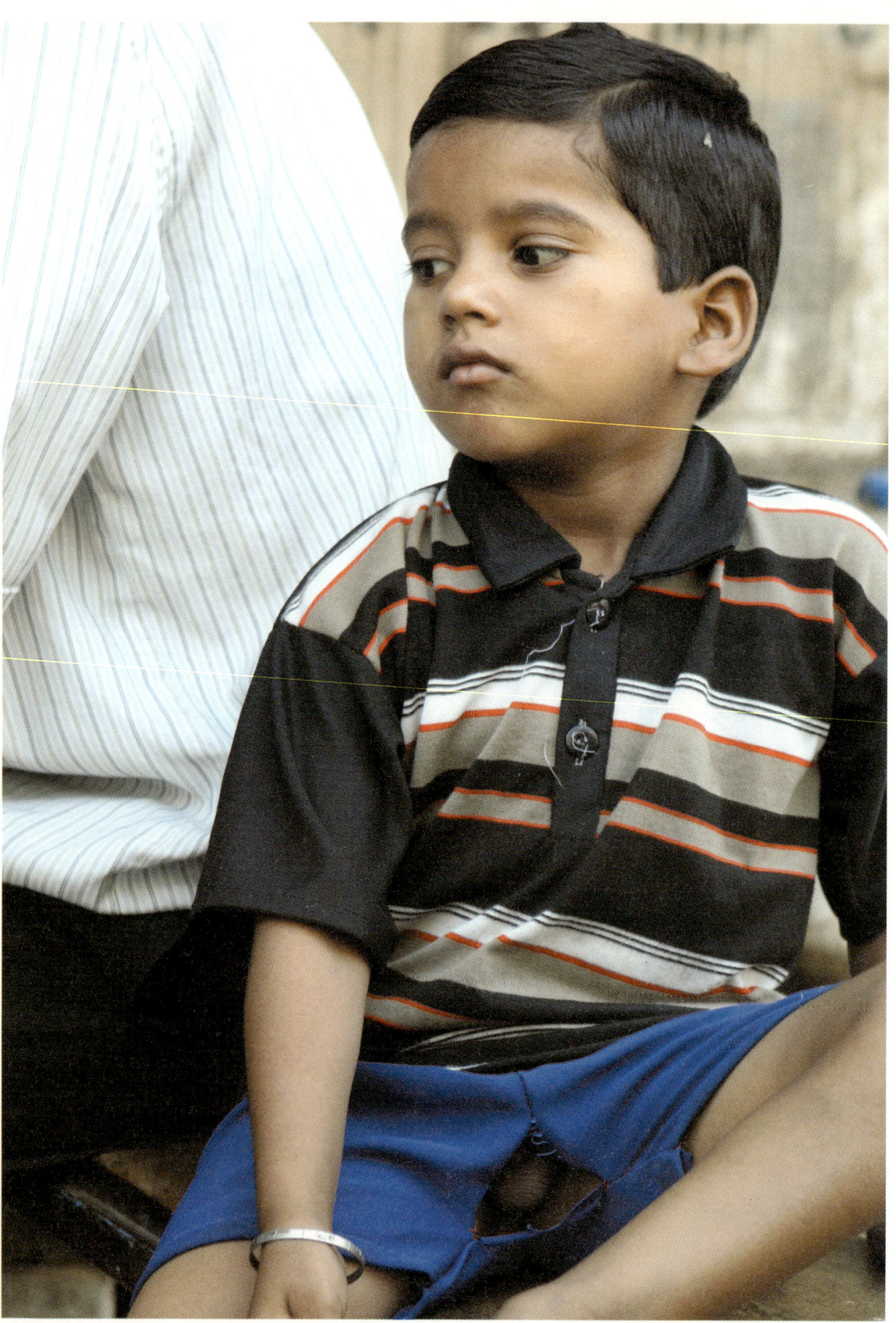

방심

늘 스스로 완벽하다고 믿지만
누구에게나 실수는 있는 법
사랑으로 봐 줄 수 있는 마음
웃음으로 넘길 수 있는 여유가 필요합니다.

살다보면 사랑하다 보면...

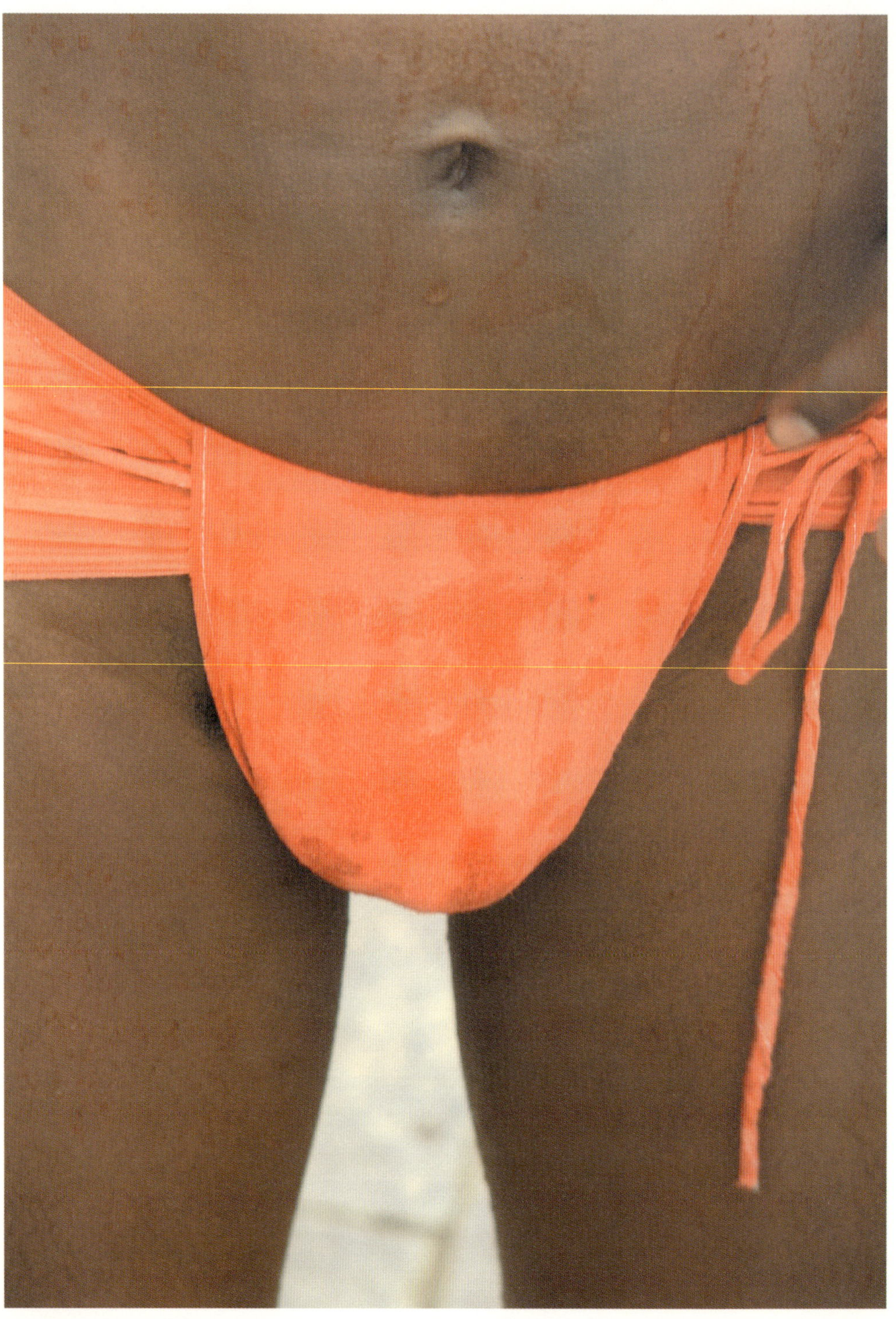

짝사랑도 병이다

사랑이 지나간 자리는 병이 된다
마음에는 풀 한 포기도 자랄 수 없고
머리속은 하루종일 검은새가 투신하며
황무지 사막 같은 눈으로 살게 되는
짝사랑은 병이다

사랑이 지나간 후에도 바보처럼 남아 있는
짝사랑은 병이 된다

혼자서 했던 사랑은
불치병 처럼 괴로운 병으로 남는다

사랑에 대한 불신 믿음의 종결
하지만 더 큰 문제는
알면서도 고칠 수 없다는 것
알면서도 고치고 싶지 않다는 것

짝사랑은 무서운 병이다

버스 안에서

동전 소리 짤랑대며 햇볕이 쏟아지기 시작하는 캘커타의 출근길을 요술처럼 달려간다. 매일 아침 6시 30분에 일어나 마더 테레사에서 차를 마시고 봉사하러 가는 길. 한국에서도 이 시간즈음 올림픽대로를 가다 서다를 반복하면서 바쁜 출근길을 조바심낼 때인데 복잡한 도로 위 나무로 만든 낡은 버스 안에서 나 혼자 여유롭다.

손가락 사이 지폐를 가득 끼우고 바쁘게 손을 놀리는 검표원 사이로 잠시 졸고 있거나 창밖을 무료하게 보는 사람들 그리고 내릴 차례를 기다리는 사람들 모두가 살아있다. 그들의 하루가 시작되었고 나의 하루도 시작되었다. 내가 출퇴근 할 때처럼 대부분의 이곳 사람들 역시 피곤에 젖어 힘겨워 보이는 버스 안. 누군가를 위해서 혹은 스스로의 미래를 위해서 이른 아침 하루를 시작하는 사람들을 바라보며 문득 사람 사는 모습은 다 같구나 하는 단순한 생각을 한다. 불과 몇 달 전 나의 모습 일텐데 나는 왜 저들처럼 잘 견디지 못하고 매일 우울한 아침을 맞이했던가. 지금처럼 여유롭지 못하고 조바심을 냈던가. 여행을 하듯 출근을 하고 즐거운 봉사를 하듯 일을 하면 될텐데 생각만이라도 그렇게 살았으면 좋았을텐데 말이다.

버스가 급정거를 하며 괴로운 경적을 울릴 때마다 후회가 쏟아진다. 나는 왜 스스로 자신을 사랑할 줄 몰랐던가? 자신도 사랑할 줄 모르는 사람이 남을 돕겠다고 바쁜 출근길에 합류하는 아이러니…

내가 어디에 어떤 자리에 있든지 모든 상황의 희비는 내 마음속에 있다는 것. 그래서 즐거워 질 수도 나빠질 수도 있다는 단순한 논리를 복잡한 버스 안에서 배운다.

짝사랑도 병이다

이별 2

자존심 보다 강한 태양이 쏟아진다

피보다 진하고 괴로운 땀이 쏟아진다

하지만 아직 멀었다

갈 길은 아직 멀었다

뼛속까지 타들어가는 뜨거운 태양과

심장을 드러내며 흐르는 땀만으로는

너를 잊을 수 없다

그러기에는 마음속 그림자가 너무 길다

그럴수만 있다면

언제라도 좋다

어디에서라도 좋다

어떤 각도에서라도 좋다

어떤 이유에서라도 좋다

얼마만이라도 좋다

그렇게

웃을 수만 있다면

그럴 수만 있다면

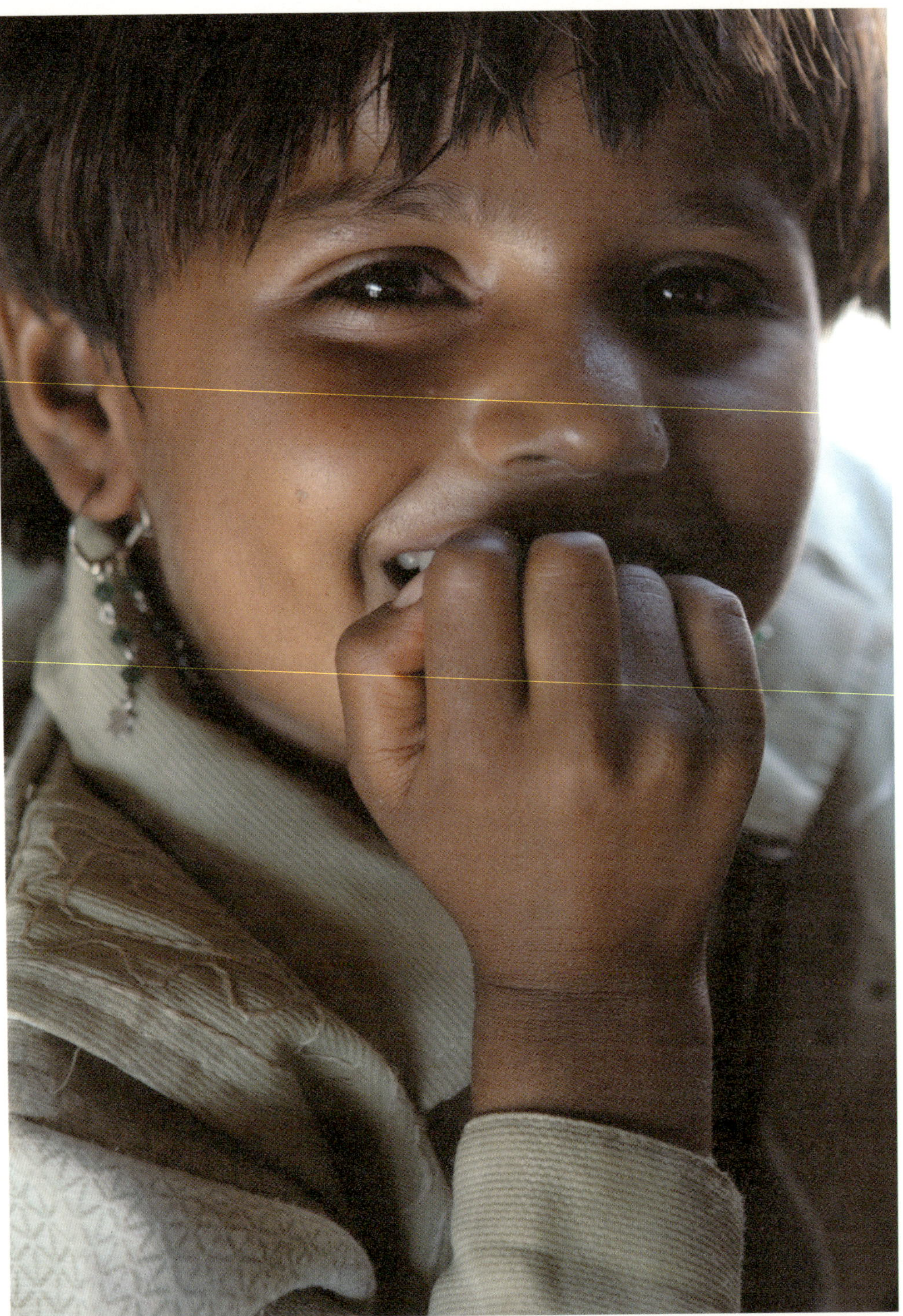

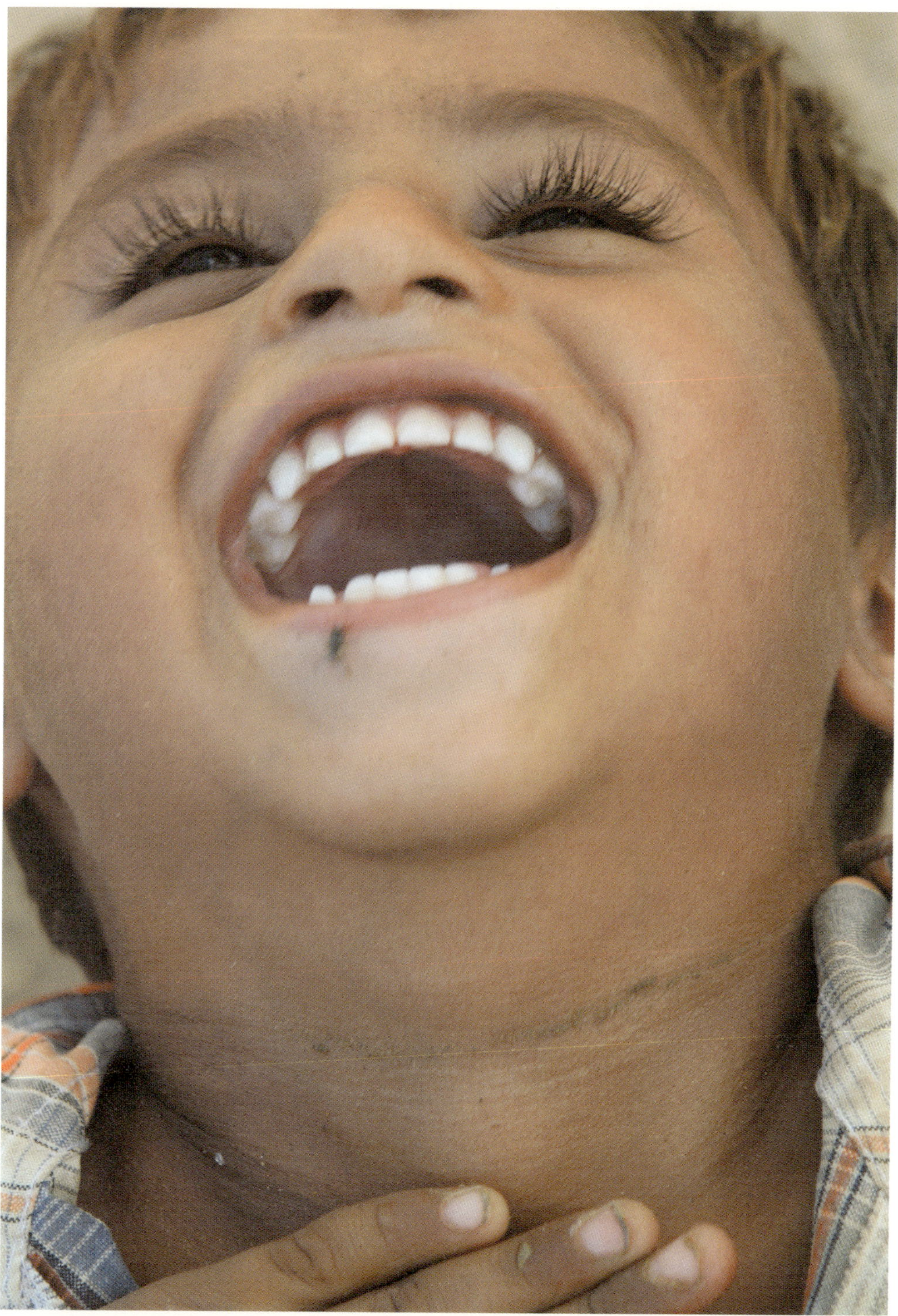

재회

처음처럼 기대 없이
처음처럼 낯선 곳에서

서러웠던 시간은 묻어두고
괴로웠던 날들은 잊어버리고

바람이 분다면 바람을 이야기하고
비가 온다면 빗속이라도

그렇게 아무렇지 않게

하지만 처음보다 절박하게
처음보다 진실된 모습으로

오늘 처음 본 사람인듯
지금 이 순간이 마지막인듯

당신을 다시 만난다면

당신을 다시 만나게 된다면

짝사랑도 병이다

한가지 아쉬운 게 있다면

한가지 아쉬운 게 있다면 내가 그들에게 나누어 줄 수 있는 시간이 한 달 밖에 되지 않았다는 것.

새털같이 많은 날이 인생이라지만 그중에 내가 택한 여행기간은 어쩌다가 잘못된 날갯짓으로 빠져나간 깃털만큼의 소량이었고 내가 그들에게 나눈 시간은 그 보다 더 적은 양의 것이라 미안했다.

시간을 나누는 것이 나의 마음이기는 하지만 나의 이기적인 심산으로 계산끝에 나온 시간이 한 달 밖에 되지 않았다는 점을 후회한것은 봉사기간 마지막 즈음부터였다.

물론 3년 전 마더하우스를 찾아가 봉사를 하겠다고 나섰을 때와는 다른 종류의 능숙함이 생겼지만 여전히 나는 미숙한 점이 많았고 그런 기분이 든 건 이번이 처음이다.

처음 봉사를 하던 날 그리고 마지막 봉사를 마치고 사진을 찍던 날의 나는 많이 달라져 있었다. 마음에는 한꺼풀 막이 더 생겨 단단해졌고 가슴은 그대로인데 마음이 조금 더 따뜻해진 느낌이랄까...

캘커타 마더하우스에는 여러 종류의 시설이 있는데 그 중 내가 선택한 다야단에는 30여명의 아이들이 그렇게 질투도 욕심도 이별도 모르고 영원히 어른이 될 수 없는 모습으로 살고 있다.

내가 그들을 도울 수 있는 일이란 밥을 먹여주거나 그 아이들이 남겨놓은 배설물을 치우고 빨래를 해주는 게 고작이었는데 그것도 생각해보면 그 역시 내 입장에서의 생각이고 아이들의 입장에서 보면 나의 서툰 솜씨가 오히려 그들에게 불편함만을 더했을는지 모른다는 생각을 문득 한다.

짝사랑도 병이다

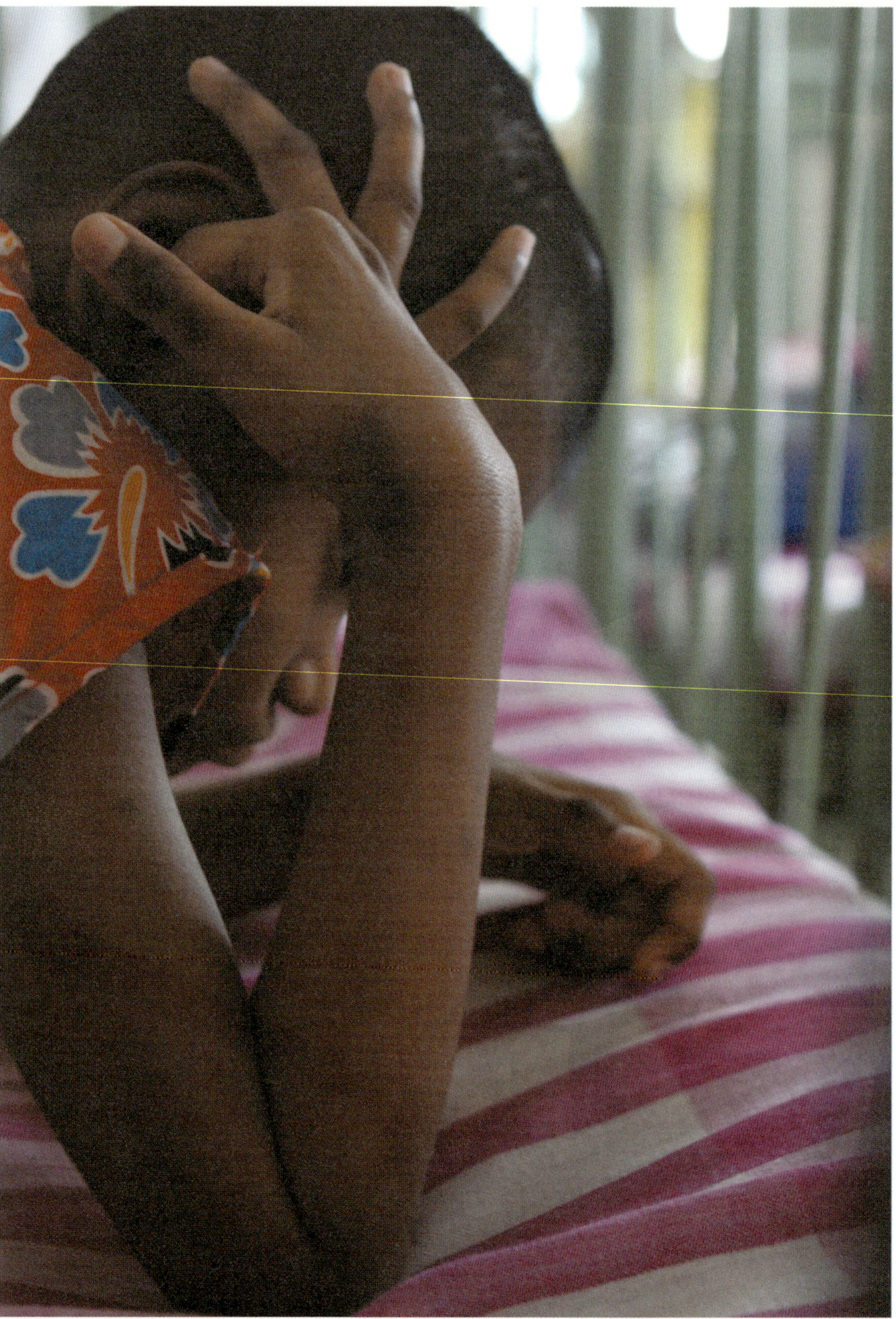

그렇게 봉사를 마치고 돌아온 숙소에서 밤마다 오늘 하루가 얼마나 힘들었는지에 대해서 그곳 시설의 열악함에 대해서 군대 무용담보다 더 과장된 목소리로 불만을 토로한 적이 있었다. 정작 말없이 말없는 사람들을 돕고 있는 동료들 앞에서 말이다.

아무도 시키지 않았고 아무도 떠밀지 않았는데 그렇게 내가 스스로 선택한 일임에도 불구하고 매번 멈추지 않는 땀방울을 닦아내듯 그렇게 장황한 날들 그런 종류의 의견과 불만을 쏟아놓고 보니 나는 역시 어른이 되었기 때문에 어른이 되어버렸기 때문에 이런 하찮은 불만과 과장된 목소리가 커지는게 아닐까 한다. 자원봉사가 무슨 대단한 일처럼 그렇게 밖으로 드러나는 불만을 토로한 걸 보면 나는 누구나 다 되는 어른도 될 수 없는 것 같아 어줍잖은 마음이 든다.

아파도 표현하지 못하는 아이들 앞에서 좋아도 웃을 줄 모르는 아이들 옆에서 그렇게 한 달이 지나갔다.

짧은 기간 1미리라도 1센티라도 누군가에게 조건 없이 나눌 수 있다는것 그것은 양의 문제가 아니라 스스로 만족하며 즐거운 마음으로 대했는가 하는 질의 문제라는 것을 안다. 하지만 생각해보면 내가 그들을 도운 게 아니라 오히려 받은 것 같은 그런 느낌이 들기에 나의 한 달이 한없이 부끄러워 지는 것이다. 언젠가 캘커타로 다시 돌아갈 날이 생긴다면 그때는 지금보다 조금 더 마음을 열어 놓으리라 그래서 진심으로 그들을 통해 다시 복습하리라 사랑을, 사랑함을.

짝사랑도 병이다

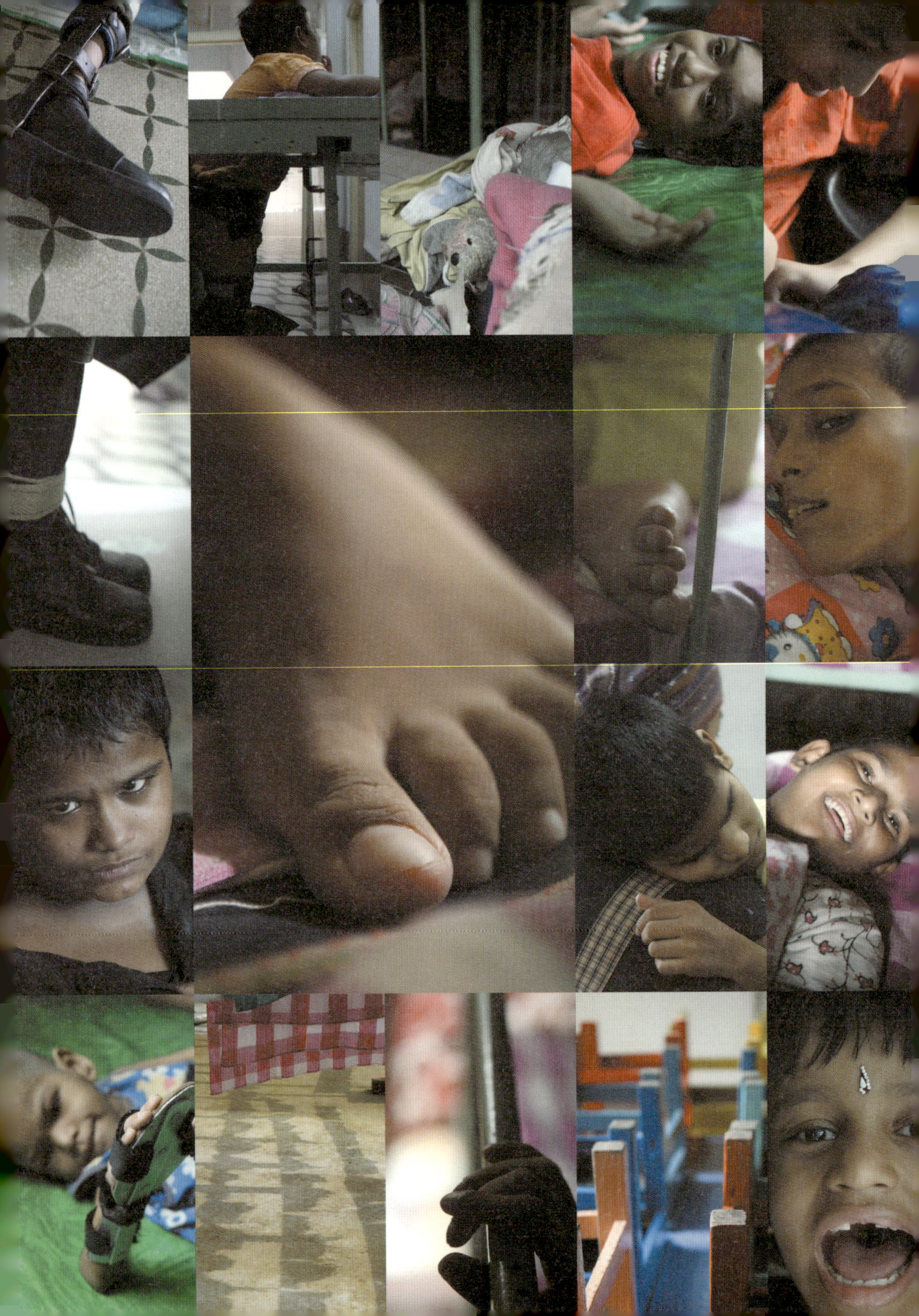

Marbels

발신불가

하루에도 수 십번 전화를 걸어

오늘 하루 있었던 일들을

이야기하고 안녕을 당부 한다

단지

마음속으로만

그들의 태양 _뿌리에서_

처음부터 그랬는지 알 수는 없지만 여전히 혼탁한 빛깔로 즐겁지 않은 탁음으로 출렁이는 뱅골만. 습자지를 덮어씌운듯 뿌옇게 웅크리고 앉아 있던 어촌 마음이 스물스물 움직이기 시작한다. 그들의 태양이 떠오르는 것이다. 약속보다 정확하게…

태양이 용암처럼 짙은 농도로 꿈틀대기 시작하면 무채색으로 출렁이던 뱅골만도 속수무책으로 오렌지빛에 가까운 황금색으로 술렁이기 시작한다. 거의 강제적인 아름다움이다. 이곳에도 탐스런 태양은 늘 비슷한 모양으로 비슷한 시간에 사람들을 불러내고 있었다.

그들의 태양은 게으른 휴양지의 태양과는 틀리다. 사치스런 비키니를 입고 정면으로 마주하는 태양도 아니고 파라솔을 쓰고 신경질 적으로 비켜가라고 떠오르는 태양도 아니다. 그들의 태양은 늘 그물에 걸려져 있거나 아스라한 조각배에 불편하게 걸터앉는 부지런한 태양이다.

태양이 어둠에서 풀려날 쯤 그들은 태양에게 감금되기 시작한다. 태양이 수평선을 뚫고 그들의 가슴을 비추면 서로의 안녕을 확인하는 아침인사, 그들은 그렇게 태양이 불러낸다. 게으른 자 태양을 볼 수도 바다에 나설 수도 없다. 적어도 이곳 어촌마을 뿌리에서는…

태양이 뜨는 날 뿌리는 희망적이다. 태양이 풀어놓는 금빛 물결을 정면으로 부딪쳐 그 금빛 파도를 타고 은빛 그물을 펼치는 날 그들은 예상하지 못하는 수입과 예상할 수 없는 고단함으로 물위를 떠다니다가 태양이 떠 있는 동안 그들을 기다리는 그들에게 태양에 기대어 돌아온다. 그렇게 그들은 태양이 고마울 뿐이다. 태양이 있어 기회도 생기는 것이고 태양이 있어 희망적이다. 태양이 뜨지 않는 날은 아무런 기대를 할 수도 없다. 고작 그물을 만지거나 바다를 바라보거나 말이다.

태양이 풀어놓은 금빛 물결이 그들을 바다로 보내고 남은 파도로 나의 발을 금빛으로 적신다. 그들의 태양과 지금 내가 바라보는 태양은 같은 것일까? 그야말로 해와 달 만큼의 거리감이 느껴진다는 생각을 한다. 나는 그들보다 소박하지 못한 침대에 누워 대부분의 밤들을 슬픈 어둠에 기대어 태양이 뜨지 않기를 바랬던 사치스럽고 암흑 같은 날들이 있었다. 편안한 몸으로 불편한 어둠만 생각하며 나약한 그물에 걸려 헤어나오지 못했던 날들이 부끄러운 아침이다. 고단한 몸으로 희망적인 아침을 기대하며 잠을 청했을 대부분의 그들에게 미안한 아침이다.

세상에는 매일 아침 눈 뜨는 사람의 수만큼 태양이 뜬다. 어떤 사람들의 태양은 희망으로, 어떤 사람의 태양은 불편한 아침을 깨우는 귀찮은 자명종으로. 그 태양을 띄우는건 결국 내 마음속에서 어떤 태양을 기대하고 있는가에 달려있지 않을까. 태양이 서쪽으로 넘어가면 영원히 마음속에 가두어두고 다시 새로운 내일의 태양을 키우는 것이다 그래서 태양은 가슴에서 뜬다.
멀리 수평선을 밀고 올라오는 태양과 마음속에서 뜨는 태양이 부디 같은 밝기와 온도로 누구에게나 즐겁게 떠오르길 바란다. 내일도 그 다음 날도 영원히 그들의 태양처럼...

짝사랑도 병이다

금연

담배를 멀리 할 수 있다면
네 생각도 멀리 할 수 있을까

힘들다고 하지만 못 할 거라고 하지만

담배를 피울 때마다
연기보다 독한 그리움도 함께 피어 오르는 고통을
이제 더 이상 즐기고 싶지 않다

담배를 끊고 나면
너도 연기처럼 사라질 수 있을까
내 안에서 사라질 수 있을까

남아있는 담배를 만지작 거린다
남아있는 그리움을 만지작 거린다

장마

축축했던 마음이 곰팡이처럼 번져가는 계절이 온 것이다.
눅눅한 그리움을 퍼붓는 계절이 온 것이다.
아픈 추억이 무릎까지 튀어 오른다.

빨래를 널다가

며칠째 비가 오지 않고 있었다. 사방이 물에 젖은 솜처럼 축축했던 날이 개운하게 건조되고 있다. 이러다가 비가 쏟아지는 건 아닐까 의심만 하고 있다가 갑자기 마음이 햇볕만큼 급해진다. 무겁게 늘어져 있던 빨래도 널어야 하고 물소처럼 묵직해진 매트리스도 말리고 싶어진다. 빗물대신 쏟아지는 땀을 닦으면서 빨래를 널고 장황해진 물건들을 정리하다가 지금 내가 뭘하고 있는건가 하는 피곤한 생각이 들었다. 한참 열심히 일해야 할 시간에 마냥 이렇게 떠돌아도 되는가 멈춰도 되는가 그냥 하릴없이 소일거리로 시간이나 때우고 있는 지금 행복하긴 한가 하는 안해도 될 생각을 버릇처럼 한다. 돌아가는 날까지 이런 종류의 생각은 절대로 하지말자 다짐했는데 문득문득 떠나온 곳들의 미련이 살아날 때마다 수많은 상상을 하게 된다 베란다에 걸어둔 빨래부터 고향에 계실 어머니 생각까지 그곳에 있을 동안은 할 필요도 없고 하지도 못했던 사소한 생각까지 살아난다. 오래 묵어 곪아버린 마음을 정리하자고 떠나왔는데 역시 몸은 마음을 이기지 못하는 걸까 간혹 생각이 목적을 잃어버린다. 생각을 바꾸자 빨래를 뒤집듯 생각을 바꾸고 기분을 바꾸자 오늘은 아름다운 날이다. 오늘은 즐거운 날이다 그렇게 중얼거리면 어디선가 새처럼 날아와 즐겁게 재잘대는 아이가 있고 역시 같은 미소를 지닌 사람들이 사방을 스치는데 나 역시 즐겁고 행복하다 착각을 해보자. 늘 무엇인가를 이루기위해 무엇인가에 열중해 있어야만 경제적인 삶은 아니다 때로는 무능하게 널부러져 바보같은 생각과 모자라는 계산도 할 때가 있어야 한다. 이 순간을 타인과의 경쟁에 밀어넣어서는 안된다. 비교해서도 안된다. 보잘 것 없는 시간이라도 어차피 내 인생의 일부인 것이다 그래서 아름다울 수도 있는 것이다. 잠시도 가만있지 못하고 분주했던 내가 스스로에게 미안해진다. 조금씩 여유를 찾자 즐거워지는 방법을 배우자. 그 사이를 참지 못하고 먹구름이 하늘을 메우기 시작한다.

짝사랑도 병이다

오늘 나의 노래가

나는 매일 슬픈 노래를 듣는다

비가 오거나 바람이 불어도

나는 매일 슬픈 노래를 듣는다

어디선가 나의 슬픈 노래를

듣고 있을 당신을 위해

나는 매일 슬픈 노래를 듣는다

이제 나는 슬픈 노래만 들어도

내마음에 비가 오고 바람이 분다

어디선가 나의 슬픈 노래를

듣고 있을 당신때문에

건조주의보

네 생각으로
눈물이 쏟아져
생각이 바닥나고
마음까지
말라 버릴때

약속이란

거짓말을 숨기고 싶을 때

지금 이 순간을 벗어나고 싶을 때

공연한 희망을 선물하고 싶을 때

반드시 지키지 않아도 된다는 생각이

절반 이상일 때

멀수록 편리하다는 생각이 들 때

그때는 하는 것이 아니라고 생각합니다

슬픔은 흘러가고 희망은 날아 오른다

그날도 종일 비가 오고 있었다. 사선으로 내리치던 비가 바람과 함께 어둠을 만들고 있을 쯤 남아있는 기차 시간에 맞추어 바다가 장황하게 보이던 레스토랑에서 저녁을 먹다가 태풍이 오고 있다는 소리에 마음이 급해졌는지 모른다.

그 때부터 지금까지 내 마음은 두근거리며 천둥을 친다.

사막이 보고 싶다는 뜨거운 마음으로 서른 네시간짜리 기차를 탔다. 중간지점 어디쯤도 거쳐갈 생각없이 아둔한 생각으로 초보여행자처럼 표를 끊었다. 처음부터 무리하다고 생각은 했지만 늘 버릇처럼 저질러놓고 보는 미련한 성격 때문에 후회를 하면서도 나는 왜 고치지 못하는 것일까?

깊은 밤은 달리고 기차가 늦은 오후쯤 바라나시에 도착했을 때는 이미 스무시간을 넘긴 후였다. 나는 나도 모르게 지게꾼처럼 배낭을 들쳐메고 담을 넘듯 기차에서 뛰어내렸다. 남은 시간을 혼자서 감당하기도 싫었지만 선로 옆 노랗게 인사하며 서있던 이정표를 보자 가슴이 두근거렸다. 다시 한 번 갠지즈를 바라보고 싶은 마음에 그랬을는지도 모르지만 이미 지나간 계획 속에서 추억이 되고 있는 바라나시를 계획없이 계획으로 만들었다.

그리고 다시 만났다.

지금 누렇게 떠내려 가는 갠지즈를 바라보는 가슴은 두근거린다. 마음이 강물처럼 묵직하고 탁해졌다. 여행을 하면서 생명처럼 지니고 다니던 MP3를 원숭이가 가져가버렸다. 나의 마지막 추억과 함께... 원숭이에게 추억을 도난 당하고 마음을 협박 당한 기분으로 갠지즈에게 진술서를 쓴다.

같이 듣던 노래 같이 부르던 노래 수 천 가지의 추억이 저장되어 있던 어쩌면 지겨웠던 그렇지만 추억 할 수 있는 물건이라고는 그 것밖에 없었던...

짝사랑도 병이다

완전히 잊으라고 그렇게 곁에 두고 생각하지 말라고 남김 없이 떠나 보내라는 것처럼 한 순간에 사라져 버렸다.

지금 내 가슴이 이렇게 아득하고 탁해지는 이유는 무엇일까?

아직도 많이 남은 여행에 음악 없이 쓸쓸하고 무료한 시간을 보내게 될 것이 걱정되기 때문일까 아니면 마지막 추억이 괴롭게 묻어있던 흔적이 흔적도 없이 사라져버렸기 때문일까? 모르겠다. 나에게는 여행도 중요하고 추억도 중요하지만 모르겠다. 혼탁하게 흘러가는 강물처럼 깊이를 알 수가 없다. 이렇게 햇볕 찬란한 날 갠지즈를 바라보며 자꾸만 쓸쓸해 지려 한다. 어쩌면 그렇게 잊으라고 갠지즈가 나를 불렀는지 모른다. 계획에도 없던 이곳에서 계획에도 없던 모든 것을 던저버리고 다시 시작하라고 이제는 멈추라고 흘러가는 갠지즈를 바라보며 새롭게 시작하라고...

바라나시를 다시 오는 게 아닌데 하는 유치한 생각과 이제는 그만 이별과 이별하자는 그리고 이별과 다시 만나지 말자는 생각이 함께 떠내려 간다. 지나간 시간에 의지 하지 않으리라 힘없는 생각에 연연하지 않으리라 그렇게 무덤덤해지리라 다짐하며 강가에서 등을 돌린다.

하늘이 빨갛게 도둑 원숭이의 엉덩이처럼 물들어가고 그 아래 희망을 날리듯 연을 날리는 아이가 있다. 분명 나의 내일도 희망적으로 날아 오르리라. 바람을 타는 연처럼.

묵인

그렇지만

그렇지 않은 듯

그렇게 그렇게...

잊은 듯

감춰둔 듯

그렇게...

नारी-अपराध

어떤 기대

그것이 환상일 수도 있다는 것을 알지만

하지만

그것마저 없다면

그것마저 없었다면

짝사랑도 병이다

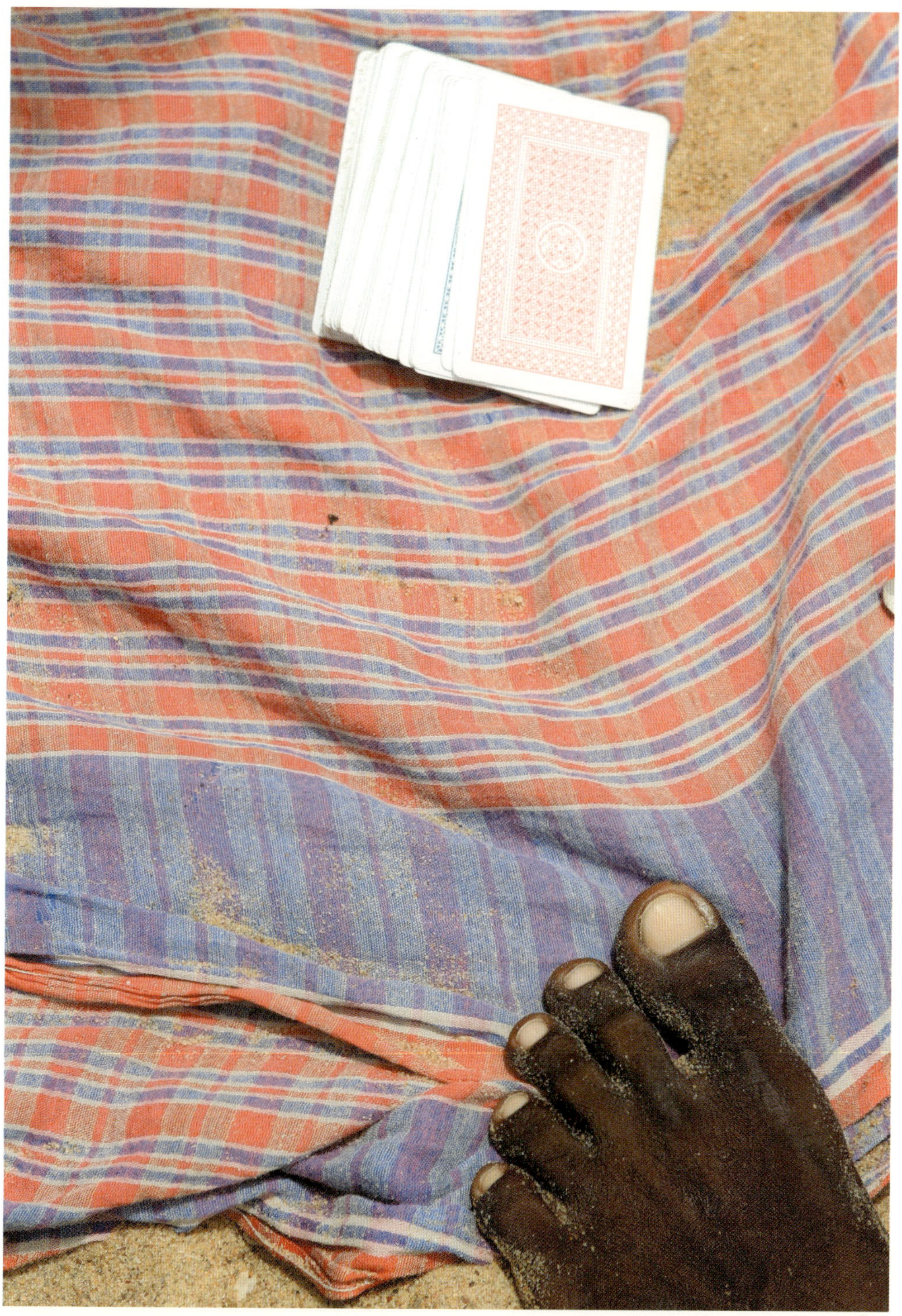

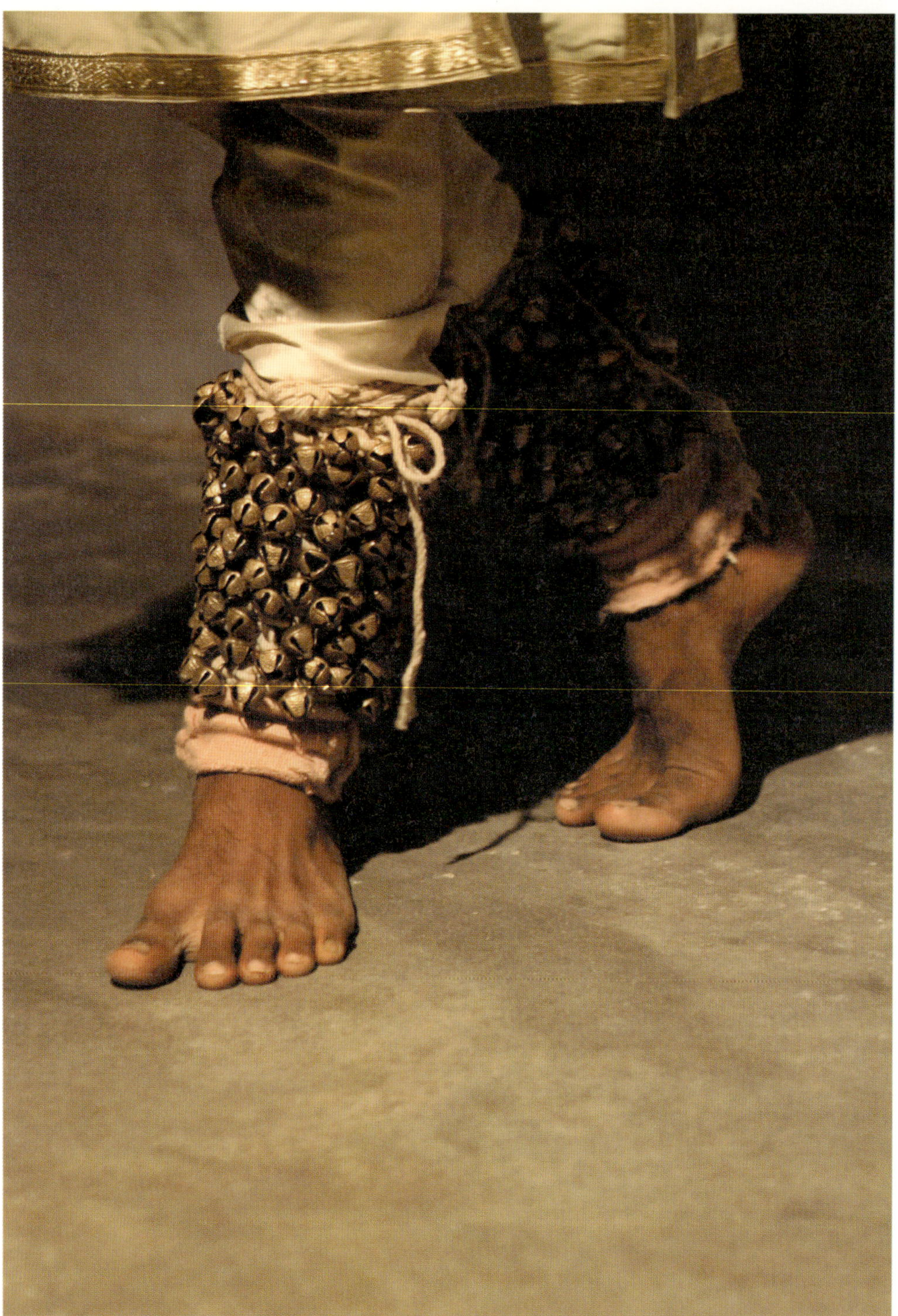

그럼에도 불구하고

싯타르의 복잡한 철심 소리가 단조롭고도 애닲프게 튕겨져 나오고 얌전하게 대기하던 타블라가 불만을 쏟아내듯 둔탁하게 울려 퍼지면 그녀를 가장한 그가 수백개의 방울을 울리며 날아오르는 듯 뛰었다가 맴돌다가 멈추고 흐느적거리는가 싶더니 곧은 자세로 허공을 가리키기도 했다.

갠지즈 강물보다 조금 더 밝은 빛의 백열 전구가 땀을 흘리며 겨우 매달려 있고 어디에도 사용할 수 없을 것같은 남루한 커튼이 시골다방 벽지처럼 후줄그레 했던 공연장은 잘 사는 내 친구집 안방보다 작게 웅크리고 앉아있었다.

그 날 관객은 나를 포함해 세 명이었고 공연장과 객석과 무대가 구분없는 그곳에 연주자가 세 명 무용수가 한 명이었다. 미안해할 이유는 없지만 어색하리만큼 미안한 숫자의 관객틈에서 불안한 마음으로 그들을 본다. 제목이 일출이라 말하고 불던 대금같은 플룻 소리에 마음이 꿈속으로 달려간다. 슬픈소리...누가 밖에서 울고 있지 않을까 하는 착각 그리고 기차 바퀴보다 빠르게 타블라 위를 두 손이 오고 갈 때는 덩달아 춤이라도 추게 될까봐 걱정되었다. 그들은 그렇게 열정적인 무대를 만들어주었다. 그 날밤 관객보다 많은 연주자 앞에서 하늘을 날듯 땅위를 부상하듯 혼신을 다해 춤을 춘 그녀를 가장한 그와 그들의 연주. 내가 본 공연 중에 최고 감동적이었다고 하면 과장이 심하겠지만 단 돈 이천원을 내고 그렇게 밀착될 수 있는 공연은 처음이었다. 그리고 그보다 상황에 관계없이 최선을 다해준 그들을 바라보며 많은 생각이 오간다. 언제나 최상의 조건만 바라는 후진 생각으로 살아온 나는 얼마나 나의 일에 생활에 사랑에 최선을 다하고 살았는가? 저들처럼 땀 흘렸는가? 그래서 들려오는 박수 소리를 들었는가? 그리고 저들처럼 웃을 수 있었는가?

eat

참으로 이상한 일이지

이렇게 우울하고 슬픈데

배가 고프니까 말이야

참으로 이상한 일이지

그리움에 침도 삼키기 힘든 날에도

여전히 먹을 수 있다는 사실 말이야

Pink City _자이뿌르에서_

당신을 알기 전에는
세상에 존재하지 않았던 빛깔
당신을 알고난 후에는
세상에 유일하게 존재하던 빛깔

그때는 온통 핑크빛 세상이었지
그래서 사랑이라 생각했었지

당신이 떠난 후
지우려해도 지워지지 않는 핑크빛
사랑은 영원히 달콤한
핑크색이 아니라는 것을
그때는 왜 몰랐을까

** 공해와 소음과 뜨거운 삶이 핑크빛으로 물들어 있는 자이뿌르는 사막으로 가는 길목에 살고 있는 도시입니다. 영국 지배 당시 에드워드 7세의 방문을 환호하는 뜻으로 도시 전체를 핑크빛으로 물들인 자이뿌르는 라자스탄 주 주도답게 혼란스럽고 활기찬 곳으로 제 기억에 남습니다

짝사랑도 병이다

세상 가득 꽃잎은 흩날리고

장미꽃 비가 내린다.

나비처럼 하늘 위로 날아 올랐던 장미꽃 비는 그들의 함성에 버무려저 기절하듯 추락해 눈보다 아름답게 쌓여간다. 축제가 시작되었다. 북소리와 나팔 소리가 꽃잎이 날리지 않는 곳까지 흩어져 숨어서 낮잠 자는 사람들을 깨우고 골목 골목 분홍으로 물들인다. 마치 꿈속에서 걸어가듯 걸어가고 꿈에서 깨어 뛰어가듯 뛰어 간다. 축제가 시작 되었다.

 햇볕보다 잘게 부서지는 꽃비늘이 햇볕보다 먼거리로 흩어져 햇볕이 들지 않는 그늘까지 햇볕보다 아름답게 반짝인다. 도시 전체가 꽃 투성이다.

오늘 내리는 꽃비는 사람들의 머리위에 발밑에 가슴에 흡수되어 마치 환락의 도시가 절정의 번성을 알리듯 모두들 축하하듯 경배하고 오늘 하루가 영원할 것처럼 취해간다.

그들의 영원한 신 가네쉬를 축하하는 날, 나도 여기 푸쉬카르에 도착했다. 처음 본 푸쉬카르 사막에 꽃 비가 내리다니...

배낭 위에 꽃잎이 가득해서 고맙고 발밑에 지천으로 깔린 꽃잎에 미안하다.

오늘 해는 지지 않는다. 해는 져도 그 보다 밝은 달이 호수에 떨어져 흩어진 꽃잎들을 비추고 자정이 넘도록 해를 대신해 빛을 발한다. 그들의 미소와 함께.

아름다운 사람들이다. 그리고 내게는 고마운 사람들 이다.

누가 인도를 더럽고 지저분 하다고 했던가?

나 였던가?

당신이었던가?

오늘 이렇게 꽃비를 맞고 있자니 지나간 시간들이 내게 주었던 무례함과
그 보다 지독한 속임수와 불쾌했던 감정들이 꽃잎처럼 흩어져 사라진다.
나는 그들에게 그저 지나가는 여행자다. 삶이 힘겨운 그들의 눈에 결코
나라는 존재는 돈으로밖에 보이지 않을 거라는 당연한 생각에 잠시 우울
해지기도 하지만 꽃과 함께 살아온 그들은 아름다운 사람들이다.

때로는 삶에 지쳐 때로는 생활에 지쳐 욕심을 채우기 위해 고단한 거짓말
도 앞세우고 모자라는 생각으로 아우성 칠 때도 있지만 그렇지만 그들을
보라 그들의 눈빛을 보라 미소를 보라.

생활이 그들을 힘들게 해 어쩔 수 없는 상황에서 만난 인연이라 생각하
자. 그것도 이것도 모두가 인도니까 가능한 것 아니겠는가?

그들은 꽃을 사랑한다. 꽃을 사랑하는 아름다운 사람들이다. 이른 새벽
대문 앞을 꽃으로 장식하고 태어날 때도 죽을 때도 꽃을 이고 지고 그렇
게 살아간다. 꽃 보다 아름다운 색깔들이 지천에 널려있고 꽃보다 아름다
운 미소를 지닌 그들은 아름다운 사람들이다.

아! 나는 이곳 푸쉬카르에서 또 다른 인도를 만났다.
자꾸만 나의 짝사랑이 깊어진다.
장미꽃 꽃잎처럼...

다양한건 즐겁다

선풍기 바람을 피해서 라벤더 향을 피우고 나니까 침대 밑에 담배불처럼 형광으로 타들어가는 모기향이 또아리를 틀고 있다. 또 아무런 생각없이 감각도 배제하고 본능에만 충실했다. 괜찮다. 여기는 인도다 그리고 혼자다. 덕분에 새로운 향을 제조했다는 뿌듯함까지… 침대 밑에서 나를 닮은 고약한 모기향이 최선을 다해 동그랗게 타들어가고 있다. 모기향과 라벤더 향이 공존하는 남루한 나의 호텔 방이 진짜 인도 같다. 늘 다양함에 취해 살게 되는 인도처럼.

봉제선이 잘못된 A라인 스커트를 불편함을 감수하고도 단정하다는 듯 입는 여자보다 자유롭게 흐트러지는 랩스커트를 입는 여자를 보는 게 웬지 편하다. 그런 종류의 편안함과는 물론 틀린 거겠지만 인도에는 그런 자유로움이 있다. 랩스커트가 갑자기 블랭킷으로도 판쵸로도 변할 수 있는 것처럼 매일매일 한 가지 이상의 새로운 이벤트를 발견하는 나라.
때로는 에나멜 구두에 두꺼운 겨울양말을 신은 듯, 때로는 가벼운 스트랩에 맨발인 것처럼 그런 불편함과 편안함 역시 무궁무진한 옛날 이야기처럼 흔한 나라 그런 종류의 불편함에 내가 말려들어 당첨되었을 때도 할 수 없이 웃고 넘겨야하는 어딘가에 누군가에게 하소연 하지도 못하고 할 필요도 없다는 것을 알게 하는 나라.
이제 본능적으로 나를 해롭게 하는 것들에 대해서는 포기가 빨라졌고 이로움을 얻기 위해서 한없이 더딘 날도 필요함을 뒤늦게 가르쳐 준 나라. 그 다양함이 자꾸만 내 발목을 잡는다. 심부름 값이 억지로 하는 게 아니라 심부름을 떠나며 만나게 될 여러가지 이야기를 즐겁게 기대하며 길을 나서는 것처럼 목적은 반드시 이익에만 있는 것이 아니다.

기대없이 나갔다가 반갑게 새로운 인연을 만나는 것처럼 그런 우연을 기대할 수 있는 나라가 이곳이다.

복잡한 도시에서 복잡하게 피곤을 머금고 산다고 생각했던 나의 생각이 간결해진다. 매일매일 반복되던 그 생활에도 생각은 복잡하게 제조되고 어쩌다 그것을 만족이라도 할 때 나는 활기찬 하루였다고 단정지을 수도 있었다.

단조로운 복잡함, 있을 수도 없는 단어 같지만 내 생활이 그랬었다. 그래서 잘 웃지도 못하게 복잡한 생각으로 얽혀 있었는지 모른다. 복잡함이란 분명 다양함과 다른 현상인데 현상은 현상일 뿐 이미 신경은 무뎌져 단조롭고 복잡한 일상에 빠른 적응력만 키우고 살았던 것은 아닐까? 그래서 난 다양함이 복잡한 보다는 많은 양으로 묻어나는 이곳을 짝사랑 하는지도 모른다.

나르 아프게 하는 추억들도 하나도 없어서 이곳을 버릇처럼 좋아한다고 말하면 한없이 나약해진 마음을 가진 자가 찾는 현실 도피성 발언일지는 모르나 나는 매일 눈뜨면 기다리는 다양함이 좋다.

사건보다는 심각하지 않은 상황이어서 좋다.

그래서 이 어지러울 정도로 뜨거운 퇴약볕 아래에서도 두 다리에 힘이 생겨나고 슬픔도 잠시 잊은 가슴에 행복이 넘쳐 난다.

그 다양함 때문에.

BELL
LETTER-BOX
19 PANCH DEVRI

추신

왜 처음부터 말하지 못했는지

기나긴 날 수많은 사연 속에도

포함시키지 못하고

허망하게 사라지는 뒷모습에도

끝내 전하지 못하고

이미 구겨져 버린 뒷장에

자신없게 붙어있던 한 마디

왜 처음부터 말하지 못했을까

Blue City _조드뿌르에서_

그 언덕에 올라보면 햇볕이 조각난 사이로 오만하게 흩어져 있는 파란점들이 보인다. 약속의 파란색, 그것은 그들의 이기적인 표식 가지지 못한 자들과 이별하려는 계산적인 색깔. 차갑고 낯설게 군림하려던 그들의 마음은 슬프게도 파란색 이었나 보다. 파랗게 멍들도록 원하고 파랗게 질리도록 그리워해도 가질 수 없는 자는 영원히 가지지 못했던 파란색 하지만 슬퍼말아라 세상에 파란색만큼 슬픈색이 또 있을까? 결코 희망적이지 못한 파란색이 슬프게 묻어 있는 Blue City.

** 지배계급인 브라만이 차별화를 위해 칠했다는 파란색. 어느 나라에나 어느 시대에나 군림하려는 자는
  이처럼 이기적인 자만심을 가졌나 봅니다.

303

낙타

너는 애초에 사막에 살지 않았다
푸른 꿈이 피어나는 곳에서
오아시스 같은 아름다운 사랑으로 살다가
네가 사랑한 두 가지의 사랑이
이루어 질 수 없는 현실이 되어
너의 뒤에 태양보다 뜨거운 질투와
수분 없는 눈물로 올라 앉았다

혼자서 그렇게 걸어 가라고
그렇게 이별을 느껴 보라고
더 이상 사랑하지 말라고
형벌처럼 솟아 올랐다

잊지 말아라 사랑은 하나다
네가 다시 돌아갈 오아시스를 만나는 날이
언제인지 몰라도 다시 만나게 되는 날
처음처럼 사랑하게 되는 날
두 번의 이별은 하지 말라고
그렇게 두 가지의 뜨거운 고통으로
너는 살고 있다

사막

더 이상 숨을 곳도 없다
그래서 내 마음은 뜨겁다

내가 아는 사랑은
척박하고 황무지 같이 꾸밈없는 것이라
당신에게 미안할 따름입니다
이제 더 이상 숨겨놓은 오아시스도 없고
시원한 바람조차 불지 않는다고 모두들 떠났습니다
붉게 물드는 노을도 지기 전에
눈동자처럼 빛나는 별도 뜨기 전에
고집스러운 언덕과 괴로운 지평선을
비난하며 모두들 떠났습니다

다음에 우리 다시 만나게 된다면
어쩌면 알아보지 못할지도 모릅니다
지금 이순간에도 그날처럼
마음이 흘려내려 외로운 비탈을 만들고
새로운 언덕으로 변해갑니다

이제 더 이상 숨을 곳도 없습니다
그래서 아직도 내 마음은 그날처럼
뜨겁습니다

행복은 일부러 만드는 것이다

뜨거운 햇볕이 배설한 지표면의 끈적한 열기가 실타래처럼 엉켜져 버스 지붕을 데우는 동안 가출한 아이가 돌아오듯 가끔씩 불어오는 실오라기 같은 찬 바람은 순전히 버스가 달리는 덕분이었다. 군사기지 같이 비밀스러운 침대칸은 그 아래 비석처럼 앉아서 무료하게 시간을 죽이고 있는 사람들의 하늘을 잘라서 만든 부담스런 쪽방같다. 그들의 머리위에 올라앉아 그 쪽방 같기도 하고 상자 같기도 한 침대칸 버스 안에서 중년을 바라보는 남자가 꾸부정하게 머리를 조아리며 흔들거린다. 버스가 튀어오르면 그 만큼 엉덩이를 들썩거리며 불안한 자세로 중심을 잡고 길게 내려오는 다섯가지 색실이 흐뭇하다 했다. 그 남자 지금 여행 중이다. 인도가 좋아 두 번째 여행 중이라던 그 남자. 여행의 막바지라고 말하는 그는 아름다운 노을이 영원히 지지 않기를 바라며 이곳에서 언제까지나 머물기를 바라는 덧없는 상상을 하는 건 아닌지...

지금 만들고 있는 매듭이 뭐냐고 묻자 별 거 아니라고 손사래를 치며 얼굴을 붉힌다 막 버스 창가로 떨어지는 노을 때문에 그 남자의 얼굴이 술에 취했다.

맨정신으로는 이거 못해요. 얼마나 단조로운지. 처음에는 재미 삼아 하나씩 만들어 여행에서 만나는 사람들 손목에 걸어줬는데 이제는 욕심이 생겨 시간만 나면 나도 모르게 정신 나간 사람처럼 매듭을 만들어요. 이거 팔찌에요 하며 마치 나쁜 짓을 하다가 들킨 사람처럼 변명을 한다. 아, 그렇군요 근데 꽤 양이 많아 보이는데 여행에서 그렇게 많은 사람을 만나나요? 라고 묻자 한국으로 돌아가면 가까운 사람들에게 선물도 할 작정이라고 했다.

아무래도 빈손으로 돌아가는 것보다 제 마음이 담긴 선물이 좋을 거 같아서요 또 이렇게 아름다운 노을 빛도 넣고 인도의 뜨거운 열기도 함께 엮어서 전하고 싶거든요. 그리고 여행에서 만나는 사람들은 원하는 쪽 손목에 감아줘요. 마치 그 사람의 마음과 내 마음을 하나로 묶듯 말이에요. 그러면서 제가 소원을 빌라고 말하죠. 이 팔찌가 오랜 시간이 지나 끊어지는 순간 소원이 이루어 질지도 모른다고 하면서 말이죠. 그러면 대부분의 사람들이 이렇게 유치한 색깔의 팔찌 하나에도 기분 좋아 하는 걸 느낄 수가 있어요. 이 팔찌가 어떻게 소원을 이루게 하겠어요. 받는 사람들도 그걸 알지만 처음 만나는 사람이 주는 사소하지만 선물이라는 점에서 기뻐들 하는 거겠죠. 그 중 어떤 외국인들은 진지하게 소원을 비는 사람들도 있었지만... 그저 그냥 순간의 짧은 행복이라도 왠지 제가 행운을 나눠주는 사람이 된 거 같아 제 기분이 더 좋아져요. 오늘처럼 36시간짜리 이동이 시작되는 날이면 무료한 시간도 유용하게 보내는 거 같구요. 이거 돈도 얼마 안들어요 2Rs짜리 실 하나면 다섯개는 만들 거든요. 그러니까 저로서도 별 부담 없구요. 이 방법은 일본에서 온 미카라는 여자가 가르쳐 준 방법이라며 한국에서 온 칠선이라는 여동생에게 배운 훨씬 더 난이도 높은 팔찌를 만드는 방법도 알고 있다면서 우쭐해 하는 순간 또 하나의 팔찌가 만들어 졌다.

이상은 내가 팔찌를 만드는 동안 스스로 대화한 내용이다. 확실히 미쳐가고 있다. 혼자서 대화까지 아니 인터뷰까지 하다니... 나는 막 36시간짜리 이동을 끝냈다. 그 동안에 마흔이 좀 안되는 내 나이와도 비슷한 숫자의 팔찌를 만들었고 그 만큼의 생각이 길어졌다.
버스가 흔들리고 찜통 같은 더위가 나를 무기력하게 할 때는 마취가 덜 풀린 사람처럼 부자연스럽기도 했지만 즐거웠다. 단지 시간을 죽였다는 생각보다 이 팔찌를 걸어 줄 때 그들이 즉석에서 생각해내는 소원이 무엇인지는 들을

짝사랑도 병이다

수 없었지만 그들의 소원과 나의 바램이 하나로 합쳐져 꿈에서라도 그렇게 되길 나는 바란다. 한 뼘만큼의 실이 내려오는 순간에 그러한 나의 바람을 넣어서 매듭으로 마무리한다. 이건 주술적인 믿음이 아니라 단지 순수한 나의 바람이다. 물론 그들의 소원이나 내가 그들에게 빌어주는 행운이라는 것이 말그대로 허황된 복권에 당첨되기를 바라는 그런 종류의 장난같은 기대 또는 바람이나 행운 같은 것일 수도 있겠지만 생각해보면 그 또한 얼마나 행복한 일인가 그래서 나는 여행을 하는 동안 얼마든지 나의 수고를 나눌 수 있을 것 같다.

내가 만들어준 행운이 그들의 손목에 묶여져 유럽에도 아프리카에도 아시아에도 그렇게 걸어다니고 있다.

언젠가 길을 걷다가 오른쪽 손목을 쳐다봤을 때 나의 행복이 그들에게 행운처럼 매달려 있는 것을 볼 수 있지 않을까? 그럴 수도 있지 않을까? 하는 역시 미친 생각도 하면서 나는 또 팔찌를 만든다.

내가 행복해지는 일이니까 억지로라도 행복을 만든다. 일부러라도 그렇게 하다 보면 내 마음이 점점 행복해질지도 모르는 일이니까. 나는 여행을 하듯 팔찌를 만들고 팔찌를 만들듯 기분좋은 여행을 할 것이다. 그렇게 행복한 마음으로 말이다.

세상 모든 사람들에게 행운을 나눌 때까지 나의 여행은 계속 된다.

짝사랑도 병이다

마리화나 _내안의 너_

달빛도 잠자는 검은 밤
흐릿한 실루엣으로 너를 만난다
이성이 지배하지 못하는
상상속에서 홀연히 나타나
보라색 꿈으로 속삭이는 너를 만난다
이미 나의 모든것을 가져가고도
뼈속까지 연기를 피운다

현실이 아니라는것을 알지만
사실보다 아프다
상상은 현실보다 가깝고
현실은 과거보다 멀다
분명 나의 의지가 아닌데
현실이 아닌 곳에서라도 만나려 한다
마치 다음 세상에서 다시 만나듯 그렇게

과거를 바라보며

달빛을 경계하듯 충혈된 눈빛으로 슬그머니 노을이 지고 있었다.

구석기시대 같은 낡은 아름다움으로 하늘만 빼고는 온통 바위 뿐인 이곳에서 잠시 착각을 한다. 내가 과거로 돌아온 게 아닐까? 바위 덩어리보다 나쁜 머리로 고작 생각해낸다는게 이런 종류의 연민이라니...
정말 과거로 돌아갈 수 있을까? 정말 시간을 돌릴 수 있을까?

온통 바위로 둘러쌓인 이 낡은 도시에서 생각이 삐그덕거리고 마음이 덜컹거린다. 나쁜 생각 하나를 무거운 바위에 묶어 마음속으로 가라 앉힌다. 다시는 수면 위로 떠오르지 않기를 바라면서...

너를 두고

가끔은 카메라에게 휴식을 주자

어설픈 주인만나 고통받는 카메라에게 휴식을 주자

오늘은 너를 두고 혼자 걸어 간다

너를 통해 봐오던 세상은 또 다르게 펼쳐지고

새로운 향기를 맡는다

지금쯤 너도 나없는 곳에서

그렇게 내 생각 하는지...

사소한 행복_ 어느 한국 가족에게 _

그대 무엇을 바라는가 이렇게 살아 있는데
그대 무엇을 원하는가 뭐든지 할 수 있는 마음이 있는데
그대 무엇을 희망하는가 날마다 꿈꿀 수 있는 미래가 있는데

바닷가로 달려가고 있는 버스는 졸음이 쏟아지고 있었다. 장바구니에 걸터앉은 아주머니도 하교길 학생들도 나처럼 졸고 있었다. 가끔 버스가 놀이터 회전 의자처럼 튕겨 올라 졸음을 쫓아내는 순간에 그들은 장바구니를 확인하고 책가방을 단정히 무릎 중앙으로 고정하려 하는 동안 나는 배낭 속의 작은 캔 하나를 생각하며 행복한 얼굴로 즐거워지려 한다. 이제 바다가 보이면 배낭을 풀고 식탁 위에 올려 놓을 그 손바닥만한 캔 하나를 만져보지도 못하고 배낭 속 어딘가에 반드시 웅크리고 있을 희망 때문에 마음이 급하다.

불가마처럼 뜨겁던 사막의 도시 자이살메르에서 만난 가족에게 받은 선물이다. 선물보다 귀한 선물이다. 큰누나 같던 어머니와 큰형 같던 아버지 그리고 여동생 같던 딸과 여행 중이던 그 행복한 가족이 우다이뿌르 호수 근처 식당에서 내게 선물이라며 건네준 깻잎 통조림... 호수보다 시원한 마음이 통조림 속에 들어있다. 인도 음식이 맞지 않아 늘 식사가 시원찮은 나에게 그 어머니께서 걱정하며 건네준 작은 통조림 하나. 너무 야위어 보인다며 병이라도 나면 큰 일이라며 건네주신 그 통조림. 나는 차마 바로 뚜껑을 열지 못했다. 당장이라도 밥을 시켜 한가득 배 부르게 먹어보고도 싶었지만 그 마음 오래 간직하고 싶었던 것이다.

이제 여행이 일주일 남았다.

내가 선택한 마지막 여행지 여기 바닷가에서 나는 그 뚜껑을 연다. 그분들이 내 마음도 함께 열어주는 기분으로… 참 오래 기다린 만큼 그 분들에 대한 생각과 그리움도 함께 숙성되어가고 있었나 보다.

뚜껑을 열어 놓고 보니 그 분들의 얼굴이 함께 떠오른다. 생글생글 함께 웃던 가족들의 얼굴이 오늘 나의 식탁에서 함께한다.

_ 이렇게 귀한것을 저에게 주시면 안 돼요. 여행이 저만큼 이나 많이 남으셨을텐데 그러면 저 부담스러워 안 돼요. 받기가 미안하다는 나의 말에 우리보다 총각에게 훨씬 필요하다며 기꺼이 넣어 주신 통조림. "사막에서는 천만원도 필요가 없더라고. 당장 시원한 얼음냉수 한 잔이면 세상에서 가장 부자가 될 거 같더라"며 이 통조림 하나로 정말 맛있는 한끼 식사가 되었음 한다던 그 가족이 아라비아해보다 상냥한 느낌으로 출렁인다_ .

여행은 이렇다. 천원짜리 통조림 하나가 천만원보다 값지게 변한다. 여행뿐만 아니라 살아가는 것 역시 그 어머니의 말씀처럼 지금 가장 행복해질 수 있는 일을 생각해내는 것 만들어 가는 것 바로 곁에 있다는 것 그것을 소중하게 생각할 줄 아는 법을 배우는 것.

나는 오늘 모래알 같이 하얀 밥 위에 깻잎 한 장과 그분들의 마음을 함께 걸쳐 손가락을 빨아가면서 행복한 한끼 식사를 했다.

늘 곁에 두고도 만족하지 못하고 날마다 불만스러웠던 날들을 제조하며 살았던 나는 사소하고 작은 것을 발견하지 못했다. 그런 작은 나의 마음을 손바닥보다 작은 통조림 하나가 야자수보다 높은 감동을 만들 줄은 생각지도 못했다.

그렇거나 그렇지않다

우연 = 인연 ≠ 우연

문제없어?

태양이 쏟아내던 붉은 노을에 눌려 바다는 맥없이 검게 변하고 있다. 파도 소리와 검은 밤 그리고 외롭게 쇼핑을 하는 독신남처럼 멍하니 쇼윈도만 바라보듯 바다를 바라보는 사람들. 팔로렘의 밤은 예전처럼 변한 게 없다. 지나치게 붉은 노을과 흔하게 들려오는 파도소리 이런 종류의 고요함을 좋아하는 그 보다 더 고요한 사람들만 가득한 팔로렘은 그렇게 충분히 나태하고 여유롭게 남아 있다

소리라고는 오직 숨소리 밖에 들리지 않던 어두운 방안에 갑자기 시원한 빗소리가 가득해지는 밤 열두시. 기왓장이 그대로 드러나있는 아슬아슬한 천정을 바라보니 방안에도 이슬 같은 비가 내린다. 엷은 호박색 백열전구가 다소곳하게 나를 정면으로 바라보고 벽에는 물그림자가 번진다. 빗소리가 벽을 타고 침대를 흔든다. 보이지 않던 빗방울이 잦은 간격으로 이마 위에 떨어진다. 이쯤이면 낭만이 아니라 소동이다.

주인을 불러 상황을 설명하니 역시 괜찮다 한다. 인도 전역의 공통된 언어다.

아마도 내일은 비가 오지 않을테니 오늘은 그냥 자라고 한다. 예상했던 대답이다. 여행 초반이었으면 끝까지 상황을 설명하고 이해시키려 하면서 신경을 곤두세웠을 것이었으나 이제는 너무나 당연해진 결과에 오히려 주인을 부른 게 잘못이라는 생각까지 하게된다. 한밤중에 호텔을 옮길 수도 없고 옮길 방도 없다.

우선 카메라와 옷가지를 비닐에 넣어 침대 밑으로 밀어두고 담배를 물었다. 지붕 위에서 폭포같은 비를 맞으며 막내 아들이 바나나 잎으로 지붕

을 손질 한다. 날이 밝으면 호텔을 옮겨야지 생각하니 막내아들에게 약간 미안해진다. 마음이 빗물처럼 눅눅해진다. 미안하다는 말보다 언제나 문제 없다는 말을 먼저 하는 그들에게 때로는 폭우 같은 화가 쏟아지기도 하지만 늘 그렇게 지내온 그들에게 항상 문제를 들춰내는 나도 그들에게는 이해하기 힘든 존재일거라 생각하니 우습다. 이정도면 하루밤 지내볼만한 건가? 정말 문제없을까? 이제 조금씩 나의 기준도 빗물처럼 흔들린다.

타인의 생각은 배제 하고 자신의 기준에 맞춰 언제나 문제가 없다는 그들을 볼 때마다 마음이 두근거린다. 그들에게서 나의 모습을 보는 것 같아서. 항상 스스로가 우선이고 내가 생각한 행동이 기본인 줄 알고 살았으며 남의 불편은 크게 생각되지 않았던 그래서 많은 것을 잃고도 정작 눈에 보이지 않으면 정말 문제를 못 느꼈던 많은 날들.

얼마나 아둔한 자만심이었던가 얼마나 문제 가득한 날들이었던가 떨어지는 빗물보다 빠른 속도로 마음이 두근거린다.

오늘 3천원짜리 호텔 방에서 값비싼 다짐을 한다. 가끔씩 타인의 입장에서도 바라볼 줄 아는 여유를 현명함을 가져야 한다고 일도 생활도 사랑도...

짝사랑도 병이다

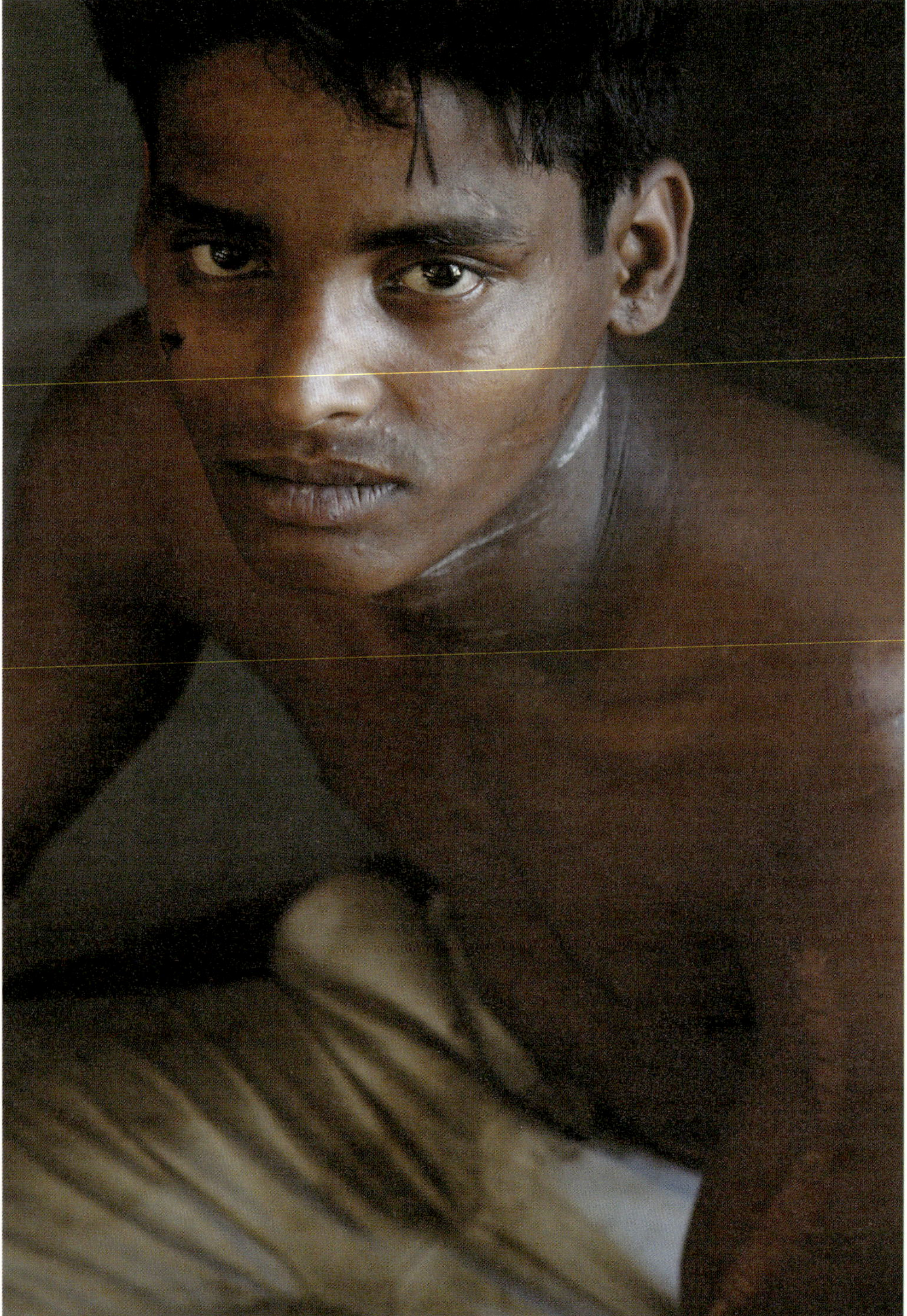

상처

이미 지나간 일이다

그래서 조금더 단단해 졌으니

그만큼 두려움도 멀어졌다

기억하라고

잊지말라고

아픈 마음이 밝은 빛에 반짝인다

이제는 외롭지 않을 수 있다

반짝이는 흔적을 발견 할 때마다

차라리 맘 편할 수 있다

이미 지나간 일이기 때문에

이유

나는 머무르지 않는다

비가 오거나 화창한 날에도

나는 머무르지 않는다

슬플 때나 기쁠 때에도

나는 머무르지 않는다

누군가 불러주지 않아도

누군가 부르지 않아도

그래서 나는 살아간다

그러니까 나는 살아있다

나는 머무르지 않는다 비가 오거나 화창한 날

나는 머무르지 않는다 슬플 때나 기쁠 때에도

나는 머무르지 않는다 누군가 불러주지 않아

누군가 부르지 않아도

그래서 나는 살아간다 그러니까 나는 살아있

짝사랑도 병이다

ⓒPhoto by 이미량

미련은 미련스럽다

내가 세상에서 가장 부자로 살지 못할 것이라는 것은 누구나 다 알고 있는 사실이다 하지만 나는 세상에서 가장 행복할 자신은 있기 때문에 오늘도 배낭을 꾸린다.

마지막 밤이다.

검게 변해버린 몸처럼 마음도 어둑어둑해지려 한다. 즐거운 마음으로 짐정리를 하겠다고 생각했지만 잘 되지 않는다. 여행을 잘못한 걸까? 누구 하나 아는 사람 없는 이곳이 왜 이렇게 미련이 남는 건지 알수 가 없다. 침대 아래 검게 웅크리고 앉아있는 배낭도 처량하고 불안정한 모양의 달도 처량하다. 한국 어딘가에 손바닥만하게 접혀져 있을 주인 없는 나의 집도 쓸쓸함을 견디지 못할 겨울 앞에 있는데 나는 아직 더운 땅 인도에서 배회하려 한다 서늘한 마음으로 마지막 밤을 준비하려 한다. 언젠가 돌아가기 위해 떠나온 곳 나는 무엇을 두려워 하고 있는가? 살아갈 날이 무섭지는 않다 다만 홀로 살아간다는 게 신경쓰일 뿐이다. 그보다 아직도 인도에 대한 짝사랑이 서운한 것일 게다.

자_ 이제 마지막 생각을 밀어넣고 끈을 조이자 그리고 떠나올 때처럼 혼자서 배낭을 들쳐메자. 그렇게 간단하게 생각하자. 지나간 모든 일에 마음을 주지 말자. 반복하지 말자. 인도는 여기 그대로 남아있고 나도 살아 있다. 그래서 짝사랑은 영원할 것을 믿는다. 그러니까 미련스럽게 미련을 두지 말자. 여행도, 사랑도...

제가 없는 이곳에서 저를 기다려 준 모든 분들과 제가 그곳에서 있는 동안 함께 해준 모든 분들께 감사드립니다.

짝사랑도 병이다